AF210902

Dunkle Wolken über der Oder

Eva Mond

Dunkle Wolken über der Oder

Bibliografische Information der Deutschen Nationalbibliothek:
Die Deutsche Nationalbibliothek verzeichnet diese Publikation in der
Deutschen Nationalbibliografie; detaillierte bibliografische Daten
sind im Internet über
< http://dnb.d-nb.de > abrufbar.

© 2007 Eva Mond
Satz, Umschlaggestaltung, Herstellung und Verlag:
Books on Demand GmbH, Norderstedt
ISBN: 978-3-8334-7056-1

August 1941! Eine lange Zeit ist seit dem nach menschlichem Ermessen vergangen; und doch gibt es Dinge, die, und ist man auch noch so klein, für immer im Gedächtnis bleiben. Vor allem Erlebnisse, die schmerzhaft wehtun, bleiben lange im Gedächtnis! Was nicht aufhört weh zu tun, kann man nicht vergessen!

Eigentlich waren wir eine ganz normale Großfamilie. Vater wurde gleich nach Beginn des Krieges eingezogen. So jedenfalls erzählte man es mir, als ich begann, öfters nach dem Papa zu fragen, ich konnte ja nicht ahnen, dass man mir eine heile Welt vorgaukelte. Wir waren 5 Kinder. Mutter erzählte oft, dass wir 7 Kinder wären, aber, die zwei Kleinsten im Babyalter bereits verstorben sind. Es waren Zwillinge, zwei Mädchen, sehr klein und zart, sie hatten keine Überlebenschance. Auf die Namen Ulrike und Eva waren sie getauft worden, Mama trauerte ihnen immer noch nach, sie wurden nur drei Tage alt.

Wir hatten immer Hunger. Vor allem mein Bruder Dieter wurde nie satt, er konnte Unmengen verdrücken! Vera, die Älteste arbeitete in einer Radiofabrik und Ulla die zweitälteste musste ihr Pflichtjahr abarbeiten. Sie musste zu einer Familie gehen, die 8 Kinder hatte und da gab es viel Arbeit, sie musste tüchtig ran, Ulla hatte noch ein paar Tage Zeit, ehe sie ihr Pflichtjahr antreten musste, und Mama war froh, dass ein Esser weniger in der Familie war, und sie freute sich auch, dass Vera etwas Geld abgeben konnte. So war die Not nicht ganz so groß, denn sehr oft war bei uns Schmalhans der Küchenmeister.

Mama hatte das Mutterkreuz in Gold verliehen bekommen, und, obwohl viele Mütter ausgezeichnet wurden, war sie sehr stolz darauf und sie erzählte immer wieder, wie feierlich die Übergabe war. Aber was nützte uns die Medaille, wir hatten Hunger und das Geld, das es zu der Auszeichnung gab, war lange aufgebraucht.

Mama arbeitete im Kino »Tivoli« als Platzanweiserin. Wenn viele Zuschauer kamen, half sie auch in der Garderobe mit, Mäntel und Jacken abzunehmen. Wir drei Kinder, Dieter, Dora und ich, durften, wenn Mutter Dienst hatte, in der vordersten Reihe sitzen und uns die Filme ohne Bezahlung angucken. Dora und ich, wir waren sehr oft bei Mama im Kino, darüber war sie sehr froh, denn da brauchte sie sich keine Sorgen zu machen, dass wir zu Hause Unsinn anstellten, vor allen Dingen jetzt in den großen Ferien. Mama ging gern zur Arbeit. Dieter kam nicht immer mit uns ins »Tivoli«, er ging lieber zu den Veranstaltungen der HJ, dort gefiel es ihm besser, als ständig vor der Leinwand zu sitzen. Er schwärmte sehr von den Vorgängen in der Hitlerjugend.

Dora war 4 Jahre älter als ich, schon sehr zeitig hing ich bei ihr am Rockzipfel und sie musste ständig auf mich aufpassen. Das war keine leichte Aufgabe für sie, denn ich war flink wie ein Wiesel. Ich entsinne mich noch, als ich so cirka zwei Jahre alt war, dass ich Dora ausgerissen war, auf das Fenster im Wohnzimmer kletterte und mich auf den Blumenkasten setzte, um auf Mama zu warten. Mama hatte im Tivoli nur zu den Nachmittagsveranstaltungen gearbeitet, sie hat das sehr oft erzählt, deshalb kann ich mich wahrscheinlich so gut daran erinnern.

Als Mutter nach Hause kam, holte die Feuerwehr mich gerade vom Fenstersims herunter. Mama weinte, das werde ich nie vergessen! Sie schimpfte nicht mit Dora und auch nicht mit mir, sie nahm uns beide nur in die Arme und weinte bitterlich. Ich habe diesen Unsinn nie wieder getan! Und jetzt hörte ich auch besser auf meine Schwester.

Auch hat Mama sehr oft erzählt, dass ich ein ganz kleines Baby war. Als Frühchen geboren, passte ich sehr lange in einen Schuhkarton, und da ich viel Wärme brauchte, heizte die Mutter sehr oft den Kachelofen, der an der Vorderseite eine Öffnung mit zwei Türchen hatte. In diese Öffnung wurde ich dann in einem größeren Schuhkarton in Watte gepackt hinein geschoben.

Einmal musste Mutter etwas erledigen, sie ermahnte meinen Bruder, der mit mir allein zu Hause war, mich raus zu nehmen, sollte ich weinen. Aber Dieter, mein Bruder konnte mich nicht leiden, weil ich so hässlich war und so viel krakelte. Er schloss einfach die zwei Türchen am Ofen und hatte so seine Ruhe. Zum Glück war Mama nicht allzu lange weg, ich war aber vom Schreien krebsrot geworden. Das tat meinem Bruder dann doch ein bisschen leid.

Wir gingen immer in einer kleinen Parkanlage spielen, dort war mir kein Baum zu hoch. Mama meinte, dass ich ein kleiner Kletteraffe sei. Nur litten meine Kleider bei der Rumkletterei sehr, es verging kaum ein Tag ohne Risse im Kleid. Zum Glück konnte mir Mama alte Sachen nähen, die sie dann sehr oft flicken musste. Wir waren sehr viele Kinder im Park, die Eltern hatten ja kein Geld, um in die Sommerfrische zu fahren. Es waren alles arme Familien.

Wir Kinder vertrugen uns sehr gut, bis auf einen Jungen, der ständig aufgelegt war, uns zu ärgern, ein paar mal ließen wir ihn mitspielen, aber als er nicht aufhörte zu stänkern, haben wir ihn ausgeschlossen. Dieser Spielverderber hieß Balduin, er sollte in meinem weiteren Leben noch eine Rolle spielen.

Wir Kinder spielten am liebsten »Verstecken«. Es gab einige Möglichkeiten, sich im Park unsichtbar zu machen. Ich trieb natürlich mein Unwesen auf den Bäumen. Die meisten Kinder wussten, dass ich unter den Blättern Schutz suchte, aber nicht immer konnte ich mich unsichtbar machen.

Die Ferien dauerten ja noch drei Wochen und da hatten wir noch viele Möglichkeiten im Park zu spielen. Dort stand eine Kirche, wir mussten nur aufpassen, wenn Gottesdienst war, dass wir nicht zu laut unsere Versteckreime aufsagten, damit der Pastor keinen Grund hatte, uns aus dem schönsten Spielplatz der Erde zu verbannen. Der Pastor war aber ein sehr gutmütiger Mann, er wusste ja, dass wir sonst auf der Straße spielen mussten und das war sicher nicht der richtige Ort dafür.

Eine Oma kam auch sehr oft in den Park, sie hatte zu Hause niemanden, mit dem sie sich unterhalten konnte. sie setzte sich auf die Stufen der Kirche und sah unserem Treiben zu. Manchmal brachte sie auch eine große Tüte Gebäck mit und verteilte sie an uns Kinder. Das war für uns ein willkommener Genuss. Sie selbst, so erzählte sie uns, darf nichts Süßes essen, denn sie sei zuckerkrank. Das konnten wir alle nicht verstehen, denn die Gebäckstücke schmeckten doch so gut.

Manchmal erzählte sie uns auch aus ihrem Leben. Vor allen Dingen beeindruckte uns; dass sie nach dem ersten Weltkrieg noch mehr hungern musste als wir manchmal. Wir halfen aber auch der Oma. Wir gingen für sie einkaufen oder trugen ihre schwere Tasche nach Hause. sie wohnte auch in der Lohestraße wie wir. Sie bekam von uns den Namen »Kuchenoma«, sie war damit einverstanden und freute sich sogar darüber.

Einmal kamen fremde Kinder in den Park und hatten der Kuchenoma das Brot, das neben ihr lag, in eine Pfütze geworfen, sie weinte, das tat uns allen leid. Wir jagten die Störenfriede aus dem Park und es gab tüchtig »Schnicke«. Sie kamen nie wieder. Das Wort »Schnicke« wurde hauptsächlich von uns Kindern gebraucht. Man konnte auch Dresche, Kloppe, Schläge oder Haue dazu sagen Wir hielten zusammen wie Pech und Schwefel, nur Balduin maulte laufend, er war ein richtiger gehässiger, unzufriedener Patron. Ob er nun mitspielen durfte oder nur Zuschauer war, er hatte an allem etwas auszusetzen.

Und dann kam der 8. August 1941, den ich in meinem Leben nie vergessen werde. Mutter war krank. Wir kannten es gar nicht, dass sie im Bett blieb und nicht aufstand, um Frühstück zu machen. Mutter war sehr krank. Wir hatten kein Fieberthermometer, aber wir wussten trotzdem, dass sie sehr hohes Fieber hatte. Vera, meine große Schwester, machte Wadenwickel und Ulla, die nächste Schwester von uns, kochte selbst gepflückten Fliedertee. Es regnete in Strömen, der Wind peitschte den Regen gegen die Fenster, das Wasser lief die Fensterscheiben herunter, es war, als ob der Himmel mit uns weinen wollte.

Die Wolken rasten in einem Tempo vorüber, so dass einem richtig schwindelig wurde vor den Augen. Dora, meine dritte Schwester und ich, wir spielten gern »Wolken raten«, aber nur an den Tagen, wenn das Wetter sehr schlecht war. Wir haben dann aus jeder Wolke ein Tier erraten. Wer die meisten Tiere erkannt hatte, war Sieger. Aber heute konnte man sehr wenig erkennen. Die Wolken so dunkel und wuchtig zogen so schnell vorüber, so dass wir wenig mit ihnen anfangen konnten.

In der Zwischenzeit hatte Dieter, unser einziger Bruder, Tante Frieda geholt, sie wohnte im Nachbarhaus. Sie kam oft zu uns, hatte nur eine Tochter, mit der wir gern spielten. Ihr Mann Onkel Helmut war der Bruder von unserer Mutter, er war noch nicht zum Militärdienst eingezogen worden. Tante Frieda guckte unsere Mama eine Weile an und meinte, dass sie da auch nichts anderes machen könnte und sie riet uns, noch weitere Wadenwickel zu machen und viel Tee der Kranken zu geben. Dann ging sie wieder kopfschüttelnd nach Hause.

Dora und ich hofften immer noch auf besseres Wetter, und tatsächlich, die schwarzen Wolken lichteten sich ein wenig, aber um draußen spielen zu können, dazu reichte es noch lange nicht. Mir schien, als ob Dieter weder das Wetter noch das Treiben der Schwestern beeindruckte, er saß auf seiner Pritsche und las in einem Buch, dass er sich von seinem Verein der HJ mitgebracht hatte.

Auf seiner Bank saß Dieter am liebsten, er hatte sie erst vor kurzem bekommen. Wir nannten sie »Ziehharmonika«, denn zum schlafen konnte man sie ausziehen und darauf liegen. Wir beneideten ihn alle sehr, denn er war der einzige von uns, der eine eigene Schlafgelegenheit hatte. Mama sagte, weil er ein Junge ist, muss das so sein, denn er kann nicht immer zwischen den großen Mädchen schlafen. Dora und ich verstanden zwar nicht warum es so sein musste, aber wenn Mama es sagte, hatte das schon seine Richtigkeit.

Plötzlich schrie Mama auf, sie stöhnte sehr laut und erzählte irgendwelche Dinge von Papa. Dora und ich, wir fingen beide an zu weinen. Vera schimpfte mit uns und meinte, dass wir ruhig sein sollten, sonst würde es nur noch schlimmer mit Mamas Zustand werden. Wir setzten uns wieder ans Fenster. Wir mussten erst einmal die Fensterbänke abwischen, da die Fenster nicht dicht waren, quoll das Wasser durch den Fensterrahmen. Mama hatte es schon ein paar Mal dem Hausmeister gemeldet, aber es tat sich nichts im Geringsten. Vor allem, wenn der Winter kam, der bei uns ja ziemlich streng war, konnte man ununterbrochen heizen und das Zimmer wurde nicht warm.

Wir hatten kein Telefon, aber im Haus gab es ein Cafe. Frau Winter, die Inhaberin, kannte uns gut. Einmal im Monat, wenn es Geld gab, leistete sich Mama eine Tasse Cafe und zwei Zigaretten der Marke »Juno« mit Goldmundstück. Ein Kind nahm sie immer mit, das bekam dann eine Tasse Kakao und von der Bedienung einen Keks, das war für uns wie ein Festtag. Meist blieben wir eine Stunde sitzen und erzählten mit Frau Winter. Manchmal war es auch ganz lustig, nur die Witze, die erzählt wurden konnte ich nicht begreifen.

Mama schrie immer mehr. Uns allen wurde angst und bange. Da schickte mich Vera runter in das Cafe, um Frau Winter zu bitten, nach einem Arzt zu telefonieren. Sie ermahnte mich noch, nicht wieder zu stürzen, denn das tat ich oft, da es eine Wendeltreppe mit Eisenbeschlägen war. Einmal hatte ich ein großes Loch im Hinterkopf, aber zum Arzt sind wir nicht gegangen. Mutter nahm ein Küchenmesser und drückte die Wunde zusammen. Dann musste ich zwei Stunden still liegen. das gefiel mir gar nicht, aber Schuld war ich ja ganz allein, da ich immer hinunter flitzen musste.

Heute jedoch ging ich langsam. Im Haus gab es einen Hintereingang zum Cafe, da brauchte ich nicht bei dem Wetter auf die Straße. Ich klopfte an die Innentür des Cafes und Frau Winter öffnete. Sie sah mein verweintes Gesicht und zog mich in die Gaststube. Es war nur ein Gast da, kein Wunder bei diesem Wetter, sonst blieb kein Tisch leer. Ich sagte der Wirtin, dass zu Mama ein Arzt kommen muss, aber sie verstand mich nicht, da ich am ganzen Körper zitterte. Frau Winter setzte sich auf einen Stuhl, nahm meine beiden Hände in ihre Hände und beruhigte mich erst einmal. Dann musste ich noch einmal alles erzählen und sie hörte aufmerksam zu. Sofort rief sie die Frau aus der Küche, sagte etwas zu ihr, packte Kuchen ein nahm mich an die Hand und ging mit mir nach oben. Auf dem Arm hielt sie ein Kuchenpaket für uns alle.

Dora öffnete die Korridortür, ihr Gesicht war ganz entstellt vom Weinen, die Tränen liefen ihr über das ganze Gesicht. Frau Winter warf nur einen kurzen Blick auf unsere Mutter, legte das Kuchenpaket auf den Tisch und ging sofort wieder in die Gaststube, um per Telefon ärztliche Hilfe zu holen. Jetzt schöpften wir wieder Hoffnung, in unserem kindlichen Glauben hofften wir fest darauf, dass der Arzt unsere Mutter schnell gesund machen würde.

Aber unsere Hoffnung wurde auf eine lange Probe gestellt. Es dauerte und dauerte und dauerte. So sehr wir auch unsere Nasen an die Fensterscheiben drückten, es war weit und breit weder ein Arzt noch ein Krankenwagen in Sicht. Nach einer reichlichen Stunde wollte meine Schwester, dass ich noch einmal zu der Wirtin in das Cafe gehen sollte, doch da sah ich ganz weit hinten in der Lohestraße ein Auto herankommen und wir rechneten damit, dass es der erwartete Arzt war, und richtig, ein Krankenwagen kam langsam die Straße entlang, durch das viele Wasser auf der Straße war es wahrscheinlich nicht möglich, schneller zu fahren.

Es dauerte jedoch noch eine ganze Zeit, ehe sich die Tür öffnete und sich ein sehr dicker Mann aus dem Auto herauswand, wahrscheinlich sprach er erst mit der Anruferin Frau Winter, ehe er laut die Treppen herauf polterte. Wir hielten die Korridortür schon lange auf, Der Arzt schnaufte, denn es kostete ihm eine große Anstrengung seine massige Gestalt die Wendeltreppe hinauf zu schieben. Endlich war er oben! Zuerst setzte er seine Arzttasche auf meine provisorische Tischplatte, darauf bastelte ich immer. Der Arzt schickte uns hinaus auf den Korridor, Vera und Ulla konnten bei Mama bleiben.

Dieter, Dora und ich mussten draußen warten. Dieter las weiter in seinem Buch und lehnte sich dabei an das Treppengeländer. Dora und ich spielten »Treppen hopsen«, wer die meisten Stufen geschafft hatte, wurde Erster. Aber wir hörten bald wieder auf zu springen, denn es machte heute keinen Spaß und außerdem war es zu laut. Also setzten wir uns auf die Stufen und spielten »Ich sehe was, was du nicht siehst«. Aber auch dieses Spiel konnte uns nicht von dem Gedanken an Mama ablenken. Warum dauerte die Untersuchung nur so lange? Uns kam es wie eine halbe Ewigkeit vor. Die Schreie hörte wir bis draußen.

Plötzlich ging die Tür auf und Vera sagte etwas zu Dieter, aber ehe er von seinem Buch aufblickte und begriff, sauste ich schon die so gefährliche Treppe hinunter, um die Krankenträger mit der Trage zu holen. Es regnete weiter in Strömen. ich wurde nass bis auf die Haut und auch die Krankenträger sahen aus wie gebadete Pudel. Ich sauste voran, diesmal ohne Sturz, um den Weg zu zeigen. Doch auch die Träger hatten zu tun, mit der Trage um die Rundungen der Treppe zu kommen. Endlich erreichten sie den 2. Stock und gingen in unsere Wohnung hinein.

Wir mussten wieder draußen bleiben! Uns fröstelte, obwohl es August war, es muss wohl an der nassen Witterung und den Vorgängen in unserer Wohnung zu tun gehabt haben. Natürlich erfüllte uns auch die Neugierde und das Interesse, was alles mit Mama angestellt wurde, denn wir hörten sie nur noch leise wimmern, es tat uns so weh, dass wir gar nichts helfen konnten, denn wenn wir krank im Bett lagen, hat sie alles getan, um unsere Krankheit zu erleichtern.

Aber wir waren so machtlos. Wir konnten nur zu Gott beten, doch das war auch kein großer Trost für uns! So saßen wir auf den Treppenstufen wie ein Häufchen Elend und gingen unseren Gedanken nach und erschraken, als plötzlich unsere Wohnungstür aufgerissen wurde. Zuerst kam der lange Krankenträger, die Haare klebten an seinem Kopf über die Stirn hinweg, dann kam die Krankentrage zum Vorschein und zum Schluss der dicke Träger, der so richtig verklebt aussah, man konnte nicht unterscheiden, ob er vom Regen nass war oder vom Schweiß so strähnig aussah.

Mama sah kreideweiß aus, als ob jeder Blutstropfen von ihr gewichen sei. Sie drehte ihren Kopf nach uns und versuchte die linke Hand zu heben, aber es gelang ihr nicht. Sie guckte ganz traurig. Ich werde diesen Blick nie und nimmer vergessen, er ging durch Mark und Knochen. Ich sprang die paar Stufen herunter und wollte Mama die Hand geben, aber der Dicke stieß mich derb weg, warum weiß ich nicht.

Da ich Mama nicht anfassen durfte, flitzte ich eilig am dicken Krankenträger vorbei, die Wendeltreppe nach unten, um die Tür aufzuhalten. Die Wirtin vom Cafe bekam auch mit, dass das Krankenauto nicht umsonst so lange gestanden hatte. Die Träger prusteten und stöhnten, als ob die Last, die sie trugen, viele Zentner schwer war. Wahrscheinlich mussten sie sich sehr anstrengen, die Trage um die Kurven und Rundungen der Treppen zu bekommen, ohne dass Mama zu Fall kam. Endlich hatten sie die Wendeltreppen hinter sich und brauchten nur noch das Stück geradeaus laufen.

Ich hielt die Haustür auf und nutzte die Gelegenheit, Mamas Hand zu erhaschen. Der Lange sah es, jagte mich aber nicht wieder weg wie der Dicke und so konnte ich Mama bis zum Krankenauto begleiten, dabei merkte ich nicht, dass auch ich nochmals durch und durch nass wurde.

Nun kam auch noch Dora angerannt, aber sie konnte nur noch die Füße von Mama streicheln, denn die Krankentrage war schon ins Auto rein geschoben worden. Wir weinten beide sehr, der Doktor sah uns und streichelte uns über den Kopf, dann stieg er in das Auto und ab ging die Fahrt. Wir rannten noch ein Stück hinterher, hatten aber keine Chance, das Auto einzuholen oder gar zu überholen. So kehrten wir wieder um, und merkten, dass viele Nachbarn durch die Fenster guckten.

Die Cafewirtin empfing uns gleich mit einem Handtuch und rubbelte uns trocken, vor allen Dingen die Haare. Es waren ja heute wenig Gäste da, gerade mal ein Tisch mit einer Person besetzt. Umso mehr konnte sich die Wirtin um uns kümmern, sonst wäre das nicht möglich gewesen. Dora und ich trauten uns kaum nach oben, denn unsere große Schwester Vera konnte ganz schön schimpfen, wenn wir so schmutzig oder zerrissen oder durchnässt ankamen. Manchmal gab es auch ein paar Kopfnüsse oder gar tüchtige Schnicke. Die Wirtin aber meinte, dass wir uns etwas Trockenes anziehen müssten, sonst würden wir auch noch krank werden.

Also schlichen wir uns in die Wohnung und zu unserem Erstaunen sagten Vera und Ulla kein Wort zu unserem Aussehen. Wir bekamen ein Handtuch zum Abtrocknen und trockene Sachen zum Umziehen. Wir konnten es kaum glauben, dass wir mit unserem Aussehen so glimpflig davon kamen. Jetzt erst sahen wir, warum unsere zwei großen Schwestern so schweigsam waren.

Überall war Blut! Im Bett, vor dem Bett, auf den Dielen, im Korridor! Ulla und Vera zogen gerade die blutige Bettwäsche ab. Uns fröstelte, woher kam nur das viele Blut? Wir wagten es nicht zu fragen. Wir, Dora und ich, fingen wieder an zu weinen. Mit einem strengen Blick von Vera wurden wir wieder an die Fenster verbannt, um Ruhe zu geben.

Es regnete immer noch, die Wolken aber hatten nicht mehr so dunkel gespenstige Formen, wie noch vor zwei Stunden inne, sondern sie zogen etwas gemächlicher ihre Bahnen, ab und zu zeigten sich auch ein paar hellere Wolken dazwischen. Es kam ein Gewitter, man spürte es deutlich an der schwülwarmen Luft.

Ich holte einen Lappen und wischte die Fensterbretter ab und auch die Scheiben, aber es wollte mir nicht gelingen, einen klaren Durchblick zu erreichen. Vera schüttelte nur mit dem Kopf, schimpfte aber nicht ein einziges mal. Der Blitz kam sehr plötzlich und heftig, so dass wir erschraken, aber wir hatten alle keine Angst, obwohl der anschließende Donnerschlag sehr kräftig irgendwo einschlug.

Die Oder zieht das Gewitter an, meinte meine Schwester Ulla mit besorgtem Gesicht. Der Regen trommelte gegen die Fensterscheiben, mir war so, als ob es alles unsere Tränen waren, weil Mama nun im Krankenhaus war. Aber wir hofften alle sehr, dass sie bald wieder gesund nach Hause käme. Wir hatten Hunger, trauten uns aber nichts zu sagen, da immer noch sauber gemacht wurde. Das große

Kuchenpaket von Frau Winter aus dem Cafe hatten wir schon lange verputzt. Dieter hatte sich wie immer am meisten rangehalten.

Da Vera und Ulla mit dem Aufräumen zu tun hatten, konnten sie gar nicht darauf achten. Wir vier Mädchen hatten alle ein Stück Kuchen gegessen und den Rest hatte alles Dieter verdrückt. Vera schimpfte aber nicht mit ihm, nur ihre Augen blitzten ihn an. Mit den Augen reden, das konnte sie ausgezeichnet. Zum Glück ließ der Regen langsam nach. Ich drückte mein Gesicht an die Fensterscheibe, konnte aber auf der Straße nur Wasser erkennen, so schlimm, als ob die Oder durch die Straßen in Breslau floss.

Das waren natürlich nur kindliche Phantasien. Wir hätten gern in dem Wasser gespielt, doch die Augen von Vera gaben uns die Antwort. Sicher hatte sie auch Recht, denn man sah weder Kinder noch Erwachsene auf der Strasse. Außerdem hatten wir auch nicht so viele Sachen, um uns laufend umzuziehen. Wir wären auch gern mit wenigen Sachen nach unten gegangen, um in den Pfützen zu spielen, aber wir wagten uns nicht danach zu fragen, zumal ich mich beim letzten Pfützenlaufen am Fuß durch einen Glassplitter verletzt hatte.

Also blieben wir weiter an den Fenstern sitzen, Dora am rechten und ich am linken, in der Hoffnung, dass wenigstens die Wolken heller würden und endlich das Gewitter abzog und somit der endlose Regen aufhörte.

Als ich mich vom Fenster weg drehte, sah ich, dass die Wohnung wieder sauber war, und auch das Bett von Mama, wo Mama, Dora und ich darin schliefen, war mit sauberer Bettwäsche überzogen. Keiner sprach etwas und doch fühlten wir, wie uns Mama fehlte. Wie oft hatte sie mit uns Kindern gesungen. Sie hatte eine wunderbare Stimme. Sogar jodeln konnte sie so gut, dass man denken konnte, sie sei in den Bergen groß geworden. Wenn wir versuchten, das Jodeln nachzuahmen haben wir immer Tränen gelacht, denn keiner konnte es, nur unsere Mutter.

Vera schickte sich an, eine Erbswurstsuppe zu kochen, etwas anderes war nicht im Haus und auch das Sauerkraut fehlte, das eigentlich zur Suppe gehörte. So beschlossen wir, die Suppe ohne Zutat zu essen.

Mama fehlte uns sehr. Ich setzte mich wieder ans Fenster und drückte meine Nase an die Scheiben, denn die Wolken wurden etwas heller. Wir versuchten wieder Tiere zu raten. Aber plötzlich sah ich wie die Wolken sich verformten und sah ein mir vertrautes Gesicht. Ich schrie: »Ich habe die Mama gesehen, die Mama ist im Himmel«.

Alles stürzte zum Fenster, sogar mein Bruder ließ sein Buch fallen und kam zum Fenster. Aber die Wolken veränderten sich so schnell, dass nichts mehr zu erkennen war. Jetzt wurde Vera böse und gab mir ein paar hinter die Ohren und meinte: »Du immer mit deinen Märchen, dass ich nicht lache!« Ich beharrte aber darauf, was ich gesehen hatte, bis mir die Tränen kamen. Manchmal hatte ich einen richtigen Dickkopf.

Vera teilte die Suppe aus und es wurde nicht mehr über meine Fantasiegebilde gesprochen. Wir löffelten leise, ohne weitere Gespräche zu führen, die Erbsensuppe. Jetzt erst merkten wir, wie groß unser Hunger war. Brot war auch nicht mehr genug im Hause, sodass jemand einkaufen gehen musste. Zum Glück ließ das Prasseln des Regens an die Fensterscheiben nach. Dieter wurde zum Einkaufen geschickt. Brot und Harzer Käse sowie ein Paket Malzkaffee. Butter und Wurst, das gab es nicht bei unserer schmalen Haushaltskasse, mehr konnten wir uns nicht leisten.

Ich wollte eigentlich mit zum Krämer gehen, aber Vera schüttelte den Kopf und da gab es keine Widerrede: Jetzt setzte ich mich nicht mehr an das Fenster um Wolken zu erspähen, es machte keinen Spaß mehr und wenn ich etwas erkannte, glaubte man mir sowieso nicht. Ich hörte auf damit, weil man mich sonst noch auslachte.

Ich holte mein Geburtstagsgeschenk, das ich im Juli bekam, hervor. Es war ein Papierausschneidebogen mit einer Puppe und sechs wunderschönen Kleidern, die man nach Belieben der Puppe anheften konnte. Eigentlich wollte ich mich erst im Winter damit beschäftigen, aber nun wollte ich die Puppe mit dem allerschönsten Kleid der Mama mitnehmen, wenn wir morgen ins Krankenhaus zu Besuch gingen. Mama würde sich bestimmt darüber freuen.

Unerwartet klopfte es sehr laut an unsere Tür, ich eilte hin und öffnete sie. Es war wieder die Frau Winter mit einem riesengroßen Kuchenpaket. Frau Winter tat sehr bedrückt. Dora kam auch an die Tür. Frau Winter strich uns beiden über den Kopf. Soviel Fürsorge waren wir von ihr gar nicht gewöhnt! Sie legte den Kuchen ab, nahm Vera und Ulla beim Kopf und flüsterte: »Eure Mutter ist tot!«

Wir hatten es trotzdem gehört. Dora fing gleich an zu schreien und zu weinen, wir weinten alle mit. Frau Winter sagte noch etwas zu Vera und es hätte nicht viel gefehlt und sie hätte auch geweint, deshalb ging sie ganz schnell wieder nach unten.

Dieter kam zurück vom Einkaufen und wunderte sich über unsere Ratlosigkeit und über unsere Tränen. Als er den Grund erfuhr, knirschte er nur mit den Zähnen und wollte wieder in seinem Buch weiter lesen. Vera schüttelte nur mit dem Kopf, aber Dieter meinte: »Deutsche Jungen weinen nicht, auch, wenn es noch so schwer ist.« Vera wiederum sagte zu ihm: »Wenn du weiter nichts in der HJ lernst als Härte, so kannst du auch zu Hause bleiben, denn das Leben ist hart genug.«

Sie nahm ihm das Buch von seinem Verein weg und bat ihn mit zu überlegen, was jetzt zu tun sei. Dora und ich wussten es gar nicht. Ich räumte meine Puppe aus Papier mit den schönen Papierkleidern in meinen Spielzeugkarton und dachte wehmütig daran, dass Mama nun diese herrlichen Kleider nicht mehr sehen konnte. Aber ich war überzeugt davon, dass sie jetzt im Himmel war und Schmerzen hatte sie auch nicht mehr, denn in dem kurzen Moment, als ich sie erkannte, sah sie ganz friedlich aus.

Dora und ich, wir setzten uns in eine Ecke und wir wimmerten leise vor uns hin. Ab und zu lief ich noch zum Fenster, vielleicht zeigte sich Mama noch einmal! Vera blitzte mich an, ich soll endlich Ruhe geben mit meinen Hirngespinsten und ich war ganz traurig, dass mir keiner glaubte. Aber die Gewitterwolken lösten sich langsam auf und man konnte auch nicht mehr viel zusammen reimen.

Plötzlich klopfte es an unsere Korridortür, schnell war ich an der Tür und öffnete. Draußen standen Herr und Frau Wolle. Sie boten uns ihre Hilfe an. Es muss sich wie ein Lauffeuer verbreitet haben. Die ganze Lohestraße wusste Bescheid, was mit unserer Mama geschehen war. Familie Wolle wohnte im Haus gegenüber.

Wir konnten Frau Wolle fast jeden Tag sehen, denn sie schüttelte mit vorliebe ihre Betten aus. Wir nannten sie alle Frau Holle, und das kam so: Im vorigen Sommer blieb sie beim tüchtigen Schütteln mit ihrem Bett an einem Haken hängen. Dabei zerriss sie den Bezug und das Inlett und heraus kamen tausende Federn, gerade so wie bei Frau Holle. Es war ein großer Spaß für uns Kinder. Ansonsten war sie eine sehr herzensgute Frau, auch ihren Mann kannte man nur als helfende Hand. Was wir alle nicht verstehen konnten, dass nun gerade diese Leute die Eltern von dem grässlichen Balduin waren.

Frau Wolle drückte uns alle und weinte mit uns, sie hatte uns auch einen Eintopf mitgebracht, den sie für ihre Familie für den nächsten Tag gekocht hatte, aber wir konnten alle nicht essen. So stellten wir den Topf vorerst in die Küche auf den Gasherd, sogar Dieter, der stets hungrig war, wollte nichts essen.

Herr Wolle sprach mit Vera, was jetzt unternommen werden musste. Er hatte darin Erfahrung und wusste darüber gut Bescheid. Frau Wolle konnte sich gar nicht beruhigen über soviel Unglück. Sie streichelte mir über den Kopf und sagte zu Vera, dass sie mich nehmen würde, wenn wir keine andere Bleibe hätten. Mir wurde heiß und kalt bei dem

Gedanken daran, dass ich mit Balduin in einer Wohnung leben sollte. Aber noch war es nicht soweit, nur stand es bereits fest, dass wir aus der Wohnung raus mussten, denn Vera war noch nicht mündig, durfte also keine Wohnung mieten und das nötige Geld für die Miete und die Verköstigung von fünf hungrigen Mäulern fehlte auch.

Aber zuerst musste jetzt alles für Mamas Beerdigung geregelt werden. Vera nahm einen Zettel und schrieb sich alles auf, was Herr Wolle ihr sagte. Dann gingen die zwei wieder nach Hause. Wir mussten jedoch versprechen, wenn wir Hilfe brauchten, sie zu holen. Den Weg zum Pastor nahm Herr Wolle uns ab.

Als nächstes schickte Vera den Dieter zu unseren Großeltern nach Kleinmasselwitz bei Breslau. Vera gab ihm sogar Geld für die Busfahrt, damit Dieter noch vor Einbruch der Dunkelheit dort ankam. Sonst sind wir immer zu Oma gelaufen; und das war sehr weit für uns. Obwohl wir nicht verwöhnt waren, für unsere Kinderbeine war es immer eine ganz schön lange Strecke, und so konnten wir meistens nur im Sommer nach Kleinmasselwitz zu Besuch gehen.

Dieter sollte mit Oma am nächsten Tag wieder zurückkommen. Dieter nahm sein Buch und ging, aber vorher aß er noch von Frau Wolles Kartoffelsuppe. Danach schickte Vera die Ulla zum Papa. Wir horchten auf! Dora und ich wollten es nicht glauben, denn man hatte uns gesagt, dass unser Vater an der Front sei. Vera versuchte uns zu beruhigen, denn sie wollte nicht, dass wir zu unserem Leid noch mehr hinzu bekämen. Sie vertröstete uns auf später, da würde sie es uns genau erklären, und damit mussten wir uns zufrieden geben, aber wir wussten, dass wir noch mehr schlimme Nachrichten erfahren würden, doch Dora beruhigte mich, denn sie war der Meinung, dass nicht noch schlimmere Nachrichten kommen könnten, und damit hatte sie recht.

Wir hatten noch gar nicht richtig verstanden, was das heißt: fünf Kinder ohne Mutter. Plötzlich hörten wir jemanden die Treppe hoch poltern. Wir vermuteten, dass es wieder ein Nachbar war, der zu uns wollte. Nach dem Klingeln öffneten wir die Tür. Ganz außer Puste und verschwitzt stand der Pastor vor der Tür und fragte, ob er eintreten darf. Wir guckten zu Vera, sie nickte nur mit dem Kopf. Der Herr Pastor war froh, dass wir ihm einen Stuhl anboten. Zuerst drückte er uns allen die Hand und dann setzte er sich hin. Herr Wolle hatte Wort gehalten und trotz schlechtem Wetter dem Pastor Bescheid gegeben.

Er unterhielt sich sehr leise mit Vera. Ich wollte dem Pastor unbedingt erzählen, dass ich Mama zwischen den Wolken entdeckt hatte, bevor wir die schlimme Nachricht erhielten. Der Pastor musste doch wissen, ob Mama nun im Himmel war. Vera wusste, was ich vorhatte. Aber sie blitzte mich mit ihren dunklen Augen an, sodass ich nicht wagte, den Mund aufzumachen. Jedoch plapperte Dora alles aus, der Pastor drehte sich auf seinem Stuhl zu uns herum, guckte uns mit seinen gütigen Augen an und meinte, dass unsere Mutter immer bei uns wäre, auch wenn sie jetzt im Himmel ist.

Wir drückten alle beide den Pastor. Vera war es sichtlich peinlich. Sie schickte uns in unsere Spielecke, damit sie weiter wichtige Dinge mit Herrn Pastor besprechen konnte.

Etwas beruhigt, dass Mama in unserer Nähe war, setzten wir uns wieder ans Fenster. Die dunklen Gewitterwolken hatten sich verzogen, aber es waren noch genug Wolken da, um Tiere zu erraten. Außerdem hofften wir auch insgeheim, Mama zu erblicken, aber wir wurden enttäuscht.

Der Termin der Beerdigung wurde auf den 11. August festgelegt. Die Einzelheiten wurden besprochen und das drum und dran herum. Als dann der Pastor sich erhob um zu gehen, fassten Dora und ich ihn an den Händen und führten ihn die Treppe hinunter. Dann verabschiedeten wir uns von ihm. Der Pastor war froh, dass er diese eigenartige Wendeltreppe ohne Schaden herunter gekommen war. Aber er schwitzte sehr stark und prustete wie ein Walross. Dora und ich steckten unsere Nasen vor die Haustür.

An runter gehen, geschweige denn unten zu spielen, war nicht zu denken. Die ganze Lohestraße bestand nur aus Wasser, wie ein reißender Fluss. Die Abflüsse auf der Straße schafften das viele Wasser nicht ablaufen zu lassen und so hofften wir auf den morgigen Tag, dass es dann besser aussähe. Wir gingen wieder nach oben. Ohne Mama war alles so trostlos.

Vera schrieb sich irgendwelche Dinge auf, die sie noch zu erledigen hatte. Es dauerte nicht lange und Tante Frieda klopfte an die Tür. Sie musste es wohl von Mama auch schon erfahren haben, denn sie brachte einen Arm voll schwarzer Sachen mit. Uns Kindern passte davon nichts, aber Vera passte ein Kleid und für Ulla ließ sie eine Jacke zum Anprobieren da.

Vera schrieb ihr das Datum und die Zeit der Beerdigung auf dem Lohefriedhof auf und gab ihr den Zettel. Mit der Bemerkung, dass sie bald mal wiederkäme, verschwand sie, so schnell wie sie gekommen war. Sie wollte uns ihre Tränen nicht zeigen.

Vera hatte in der Zwischenzeit die Kartoffelsuppe warm gemacht, wir aßen ein wenig, es schmeckte uns nicht. Sicher spielte dabei die ganze Aufregung eine Rolle. Obwohl wir großen Hunger hatten, konnten wir nichts essen. Ich fragte meine große Schwester, ob die Oder auch überlaufen kann, aber sie verstand meine Frage nicht, sie glaubte, es sei wieder einer meiner Tollheiten.

Ich führte sie zum Fenster und sie glaubte ihren Augen nicht zu trauen. Sie hatte andere Dinge zu tun, als zum Fenster hinaus zu blicken. Sie guckte eine Weile aus dem Fenster und meinte: »Wenn das bis morgen nicht abgelaufen ist, könnt ihr morgen nicht raus, denn ich habe keine trocknen Sachen mehr für euch.« dann drehte sie sich zu uns um und sagte: »Ja die Oder hat jetzt auch viel Wasser, aber so schnell läuft sie nicht über, wir brauchten also keine Angst vor einer Überschwemmung zu haben.«

Ulla kam mit Vater zurück, wir freuten uns, obwohl wir nicht wussten, was wir von seinem plötzlichen Erscheinen halten sollten. Ich entsinne mich, dass er immer sehr streng war, wenn er zu Hause war, mussten wir lautlos spielen. Vater war Obst- und Gemüsehändler, er hatte einen sehr großen Karren und fuhr viele Strassen ab. Er war auch zufrieden mit dem Kundenzulauf. Im Winter arbeitete er in der großen Markthalle.

Wir hatten nicht viel von unserem Papa, er war immer viele Stunden unterwegs. Lachen oder lustig sein, das konnte er nie, aber das alles glich unsere Mama wieder aus mit ihrem fröhlichen Wesen. Nie wieder habe ich in meinem Leben so einen fröhlichen Umgang mit Kindern erlebt. Das konnte nur unsere Mama.

Papa setzte sich an den Tisch zu Vera und flüsterte mit ihr. Wir setzten uns auch dazu. Ulla packte eine große Tüte Obst aus, das meiste waren rote Johannisbeeren, die wir alle sehr gern aßen, aber auch Sommeräpfel und Stachelbeeren legte Ulla in die Obstschüssel. Papa streichelte uns allen über den Kopf. Seine Augen waren ganz traurig verschwommen. Er musste sich die Tränen zurück halten. Ob er auch der Meinung war wie Dieter, dass man als deutscher Mann nicht weinen darf? Ich fand das sehr bedrückend.

Er sagte zu uns, dass wir in der Wohnung auf keinen Fall bleiben könnten, aber das wussten wir ja schon. Und, das traf uns wie ein Hammer, dass wir auch nicht zusammen bleiben könnten. Dora war sehr nah ans Wasser gebaut, sie weinte gleich wieder und ich weinte mit. Papa wollte alles mit der Miete regeln. wenn wir am 15. des Monats August aus der Wohnung ausgezogen sind, könnten wir noch die halbe Miete zurückbekommen.

Die Vermieterin war die Cafebesitzerin, da sahen wir keine besonderen Schwierigkeiten auf uns zukommen. Papa wollte das gleich klar machen. Er ging runter in das Cafe. Ich, wie immer, sauste hinterher und fasste ihn an der Hand. Die Wirtin kam gleich auf ihn zu und gab ihm die Hand, flüsterte etwas von Beileid und ließ uns Platz nehmen. Da immer noch nicht viele Leute an den Tischen saßen, hatte sie Zeit für uns.

Papa sagte ihr gleich, um was es geht. Ich merkte, dass sich der Wirtin ihr Gesicht veränderte. Sie sagte: »Was soll nur aus den Kindern werden? Es ist furchtbar traurig. Wo werden sie hinkommen. Vor allen Dingen in so kurzer Zeit findet man ja keine Pflegeeltern. Die Kinder können in der Wohnung bleiben, so lange es notwendig ist. Die halbe Miete bekommen sie zurück. Aber sie wollte nur an Vera das Geld aushändigen, nicht an ihn, denn schließlich wohne er ja nicht mehr hier.«

Ich guckte Papa mit großen verständnislosen Augen an, was hatte die Wirtin jetzt eben gesagt? Um Fragen zu stellen, war mir die Situation zu heikel, außerdem lief sein Gesicht krebsrot an und das war immer ein schlechtes Zeichen. Wortlos gingen wir nach oben.

Nachdem er Vera alles Besprochene im Cafe ausgerichtet hatte, auch das mit dem Geld, verlangte er altes Papier, damit packte er alle Sammeltassen, die im Wohnzimmerschrank in der Vitrine standen ein und steckte sie in seine Tasche, wo vorher das Obst darin war. Keiner sagte ein Wort. Alle guckten nur wortlos zu und ich hütete meine Zunge. Als Papa jedoch Anstalten machte Bettwäsche und Handtücher aus dem Schrank zu nehmen, stellten Vera und Ulla sich davor und ließen den Papa nicht vorbei.

Dora weinte wieder, als Papa sich verabschiedete, mit dem Versprechen, bald wieder zu uns zu kommen. Draußen wurde es dunkel und auch der Regen ließ nach, da hatten wir die Hoffnung, dass wir morgen wieder zu unserem Spielplatz konnten.

Wieder klopfte es an unsere Korridortür, es ging bei uns zu wie in einem Taubenschlag. dieses Mal öffnete Vera die Tür. Draußen stand Frau Wolle, ganz außer Atem, sie muss ziemlich schnell die Treppen hoch gelaufen sein, denn sie bekam kaum Luft. Erst wollte sie wissen, ob der Pastor schon da gewesen sei und wann die Beerdigung stattfindet. Vera gab ihr über alles Auskunft. Dann sagte Frau Wolle, dass sie schon in den vorhandenen Kinderheimen angerufen habe. Leider war aber bis auf weiteres kein einziger Platz noch frei, und wenn noch Verwandte existieren, wären die Aussichten auf einen Platz sowieso hoffnungslos.

Wir horchten alle gespannt, ich freute mich im Stillen, denn ich wollte auf gar keinen Fall in ein Heim gesteckt werden. Man hörte ja die schrecklichsten Dinge darüber. Aber wo sollten wir denn hin? Frau Wolle hatte eine Lösung vorgeschlagen. Die zwei jüngsten, Dora war fast zwölf Jahre alt, und ich gerade acht geworden. Also wir zwei könnten in ihrer Familie untergebracht werden, ein Kind käme dann zu ihrer Schwiegertochter und eins zu ihr. Das heißt, wenn es uns recht ist und wir keine anderen Möglichkeiten sehen.

Dora weinte im Stillen, und ich konnte es nicht fassen, dass wir so schnell auseinander gerissen werden sollten. Gerade wollte ich noch zu Frau Wolle sagen, dass ich aber nicht zu dem frechen Balduin ziehen möchte, da blitzten mich wiederum die Augen meiner großen Schwester dermaßen streng an, dass ich es unterließ etwas zu sagen. Im Gegenteil, ich bekam eine Gänsehaut und blieb still. Vera bedankte sich bei Frau Wolle und machte mit ihr aus, dass nach der Beerdigung noch mal über alles gesprochen werden sollte, denn Vater, die vielen Brüder meiner Mutter und die Großeltern hatten vielleicht auch noch eine Lösung.

Frau Wolle war eine ganz liebe, mitfühlende Frau. Sie drückte uns alle, und sie war so traurig, als ob sie direkt selbst von diesem Schicksalsschlag betroffen wäre. Ich begleitete sie die Treppe hinunter, denn ich wollte ihr unbedingt sagen, dass ich nicht zu dem Balduin will, aber sie fing an zu weinen, und so brachte ich es nicht fertig, meine Bitte zu äußern.

Als ich wieder hoch kam, holte Vera gerade Wasser, damit wir uns waschen konnten, dazu mussten wir eine halbe Treppe nach unten gehen, denn in der Wohnung bei uns gab es weder fließendes Wasser noch eine Toilette. Die befand sich eine halbe Treppe tiefer. In der Lohestrasse standen viele solche alten Häuser, an denen sich eine Renovierung nicht mehr lohnte.

Nachdem ich mich gewaschen hatte, wollte ich nicht schlafen gehen, da ich von den vielen Aufregungen nicht müde war, aber Vera bestand darauf und so kroch ich in das große Bett, in dem Dora schon lag, nur die Mama fehlte uns so sehr. Sie schlief sonst mit in diesem Bett. Als dieses uns bewusst wurde, fingen wir beide wieder an zu weinen. Vera und Ulla waren mit ihren Gedanken und Gesprächen schon am morgigen Tag und sie versuchten unser Wimmern zu ignorieren. Nach ein paar Stunden müssen wir dann wohl doch eingeschlummert sein.

Am nächsten Morgen, es war draußen noch halb dunkel, klopfte es kräftig an unsere Tür. Dora und ich, wir zogen die Bettdecke über den Kopf, eigentlich wollten wir noch ein bisschen schlafen, als aber Dieter mit Großmutter in die Küche herein gestürmt kam, da wussten wir, dass die Nachtruhe beendet war. Wir mussten den bitter nötigen Schlaf beenden.

Oma war eine kleine Person, im Gesicht hatte sie sehr viele Runzeln, aber sie hatte wunderschönes langes Haar, das sie zu einem Zopf geflochten, hochgesteckt trug. Dadurch wurde ihr Gesicht milder und schöner. Diese schönen Haare hatte Mama von ihr geerbt, sie konnte sich auf ihre Haare setzen. so lang waren sie. Oma war immer emsig, voller Tatendrang. So musste sie auch sein, sonst hätte sie auch nicht ihre 20 Kinder groß ziehen können.

Wir sprangen aus dem Bett, um uns zu waschen, denn wir wussten, dass Oma etwas zu essen mitgebracht hat. Wir wussten auch, dass von nun an die Oma das Zepter in die Hand nahm. Sie duldete keinen Widerspruch. Doch meistens akzeptierten wir auch ihre Anweisungen, denn sie waren sehr oft in unserem Sinne. Vera kochte frischen Kaffee. Oma brachte Huhn, gebraten oder gekocht mit. Das gab es bei den Großeltern immer, denn sie hatten einen sehr großen Hühnerstall. Ich war nicht so begeistert von dem Hühnerfleisch, aber auf die frischen Brötchen und die Erdbeermarmelade freute ich mich ganz besonders.

Oma passte ganz genau auf, dass keiner zu kurz kam. Da ich von dem Hühnerfleisch nichts essen wollte, durfte Dieter noch meinen Teil bekommen. Er verschlang es gierig.

Oma schüttelte ihren Kopf und sagte: »Wenn du bei uns wohnen willst, musst du vorher noch essen lernen.« Diese Worte erinnerten uns an das am Vortag Geschehene. Nach den Worten von unserer Großmutter hatte Dieter schon eine Bleibe. Aber es hing immer noch in der Luft, was aus uns übrigen wird.

Ulla räumte den Tisch ab. Oma legte fest, dass wir heute Kleider für die Beerdigung kaufen werden und sprach mit Vera noch einiges ab. Sehnsüchtig guckten wir nach unten durch die Fensterscheiben. Das gestrige Wasser war zwar nicht mehr vorhanden, aber ein großer Schmutzteppich, den das Wasser hinter sich mitgeschleppt hatte, zog durch die Straße. Da konnten wir natürlich noch nicht unten spielen.

Nachdem alles aufgeräumt worden war, beschloss Oma, mit uns in die Stadt zu laufen. Nur Dieter sollte zu Hause bleiben, falls jemand kommt. Außerdem wollte Dieter keine schwarze Hose, denn er hatte ja die HJ-Uniform und die erfüllte auch ihren Zweck. Wir wussten, dass Dieter diese Sachen unheimlich gern trug. Mama brauchte beim Kauf dieser Uniform nicht viel bezahlen, da wir sehr arm und kinderreich waren.

Die Schwüle der Witterung zeigte uns, dass das Gewitter noch nicht vollständig abgezogen war. Oma bestand darauf, dass wir unsere einzigen Paar Schuhe anziehen, barfuss wollte sie uns nicht mitnehmen. Die Schuhe aber drückten überall. Wir waren es nicht mehr gewöhnt im Sommer Schuhe anzuziehen, jedenfalls drückten die Schuhe qual- voll, oder sie waren uns schon wieder zu klein geworden.

Oma versprach, Dora und mir ein Paar Sandaletten zu kaufen, wenn wir es bis zum Schuhgeschäft aushalten.

Nach cirka drei Stunden kehrten wir durchschwitzt und müde von der Einkaufstour zurück. Oma hatte nicht zu viel versprochen, wir bekamen unsere Sommerschuhe und jeder ein schwarzes Kleid. Ich fand uns schrecklich darin. Dora, obwohl sie vier Jahre älter war als ich, hatte die gleiche Kleidergröße. Oma verstand nicht, warum ich weinte, sie hatte ja keine Ahnung, wie sehr ich mir ein schönes Sommerkleid wünschte, nur Mama hatte das gewusst! Und jetzt musste ich so ein hässliches schwarzes Kleid tragen.

Ich setzte mich wieder ans Fenster und hoffte Mama zu sehen. Mama sang so oft mit uns das Lied von dem kleinen Jungen, der sich immer ein Pferdchen wünschte, mir ging die letzte Zeile nicht aus dem Sinn: »Mama solche Pferdchen wollt ich nicht.« Ich dichtete es um: »Mama so ein Kleidchen wollt ich nicht.« Ich war unheimlich traurig. Mir war ganz schlecht.

Oma rief zum Essen, sie hatte wieder einmal an alles gedacht. Es gab Krautsuppe, die sie nur aufwärmen brauchte, deshalb ging es so schnell mit dem Mittagessen. Danach steckte sie Dora und mich ins Bett, es gab keine Diskussion. Und Oma hatte wirklich viel Ahnung mit Kindern, nachdem sie noch unsere wunden Füße behandelt hatte, sind wir tatsächlich eingeschlafen.

Am nächsten Morgen weckte uns die Sonne, die durch die Fenster im Wohnzimmer hell erstrahlte. Ich hatte gar nicht gemerkt, dass Oma neben mir im Bett geschlafen hatte, sie streichelte meine Wangen und seufzte. Dann stieg sie als erste aus dem Bett und beeilte sich zu waschen, damit wir auch aufstehen konnten. Vera war schon zur Arbeit gegangen, sie muss sehr leise gewesen sein, denn wir hatten sie nicht weggehen hören. Ulla musste ihre Pflichtjahrstelle erst am 15. August antreten.

Wir freuten uns auf das schöne Wetter und hofften, dass es im Park auch schon einigermaßen trocken ist. Oma konnte alles, sogar Gedanken lesen, denn sie machte unserer Hoffnung einen Strich durch die Rechnung, als sie sagte: »Heute bleibt ihr in der Wohnung, es wird nicht auf der Straße oder im Park rumgetobt, das gehört sich einfach nicht!« Damals konnten wir das nicht verstehen.

Vormittags war es sehr langweilig. Mit meinem Kaufmannsladen konnte ich auch nicht spielen, denn Oma hatte den Kleiderschrank geöffnet und warf unsere Kleider auf den Boden. Ulla und Dora halfen mit zu sortieren. Jedes Kind bekam einen extra Stapel. Sachen, die nicht mehr zu tragen waren, wurden weit weg gelegt, auch meine geflickten Kleider für den Park landeten auf diesem extra Stapel. Ich wollte protestieren, ließ es aber, denn Oma duldete keine fremde Meinung.

Ich wartete auf den geeigneten Augenblick, wenn Oma einmal nicht die Sachen sortierte und mit etwas anderem beschäftigt war, wollte ich die Hose und das Kleid von dem Stapel wegnehmen und verstecken. Dieser Moment kam bald, denn es klopfte an die Wohnungstür. Draußen stand noch einmal der Pastor. Oma bat ihn in die Küche, da ja im

Wohnzimmer die Sachen alle herumlagen. Diesen Moment nutzte ich und ließ die Sachen verschwinden.

Oma sagte dem Pastor, dass es eine ganz billige Beerdigung sein müsste, da kein Geld vorhanden sei. Ich brachte den Pastor die gefährlichen Treppen hinunter, er hielt mich ganz fest an der Hand. Ich guckte kurz auf die Straße und ging wieder nach oben. Kinder hatte ich keine gesehen, die waren sicher im Park spielen.

Es war kaum eine halbe Stunde vergangen, da klopfte es schon wieder an unsere Tür. Tante Frieda stand draußen mit einem Topf voll Essen. Oma freute sich darüber, denn ihre mitgebrachten Vorräte wurden langsam weniger und Tante Frieda, ihre Schwiegertochter zu sehen, freute sie sich auch. Tante Frieda hatte ganz rote Augen, sie hatte bestimmt geweint, denn sie war eine mitfühlende, gutmütige Seele.

Als sie gehen wollte, gab sie die Türklinke der Frau des Fleischers in die Hand, sie gab Oma ein sehr großes Paket mit Würsten auf den Arm, die schon durch das Papier gut rochen. Oma konnte das Paket kaum halten. Soviel Würste haben wir das ganze Jahr nicht gegessen. Dieter saß auf seiner Pritsche und las, wie immer, aber bei dem Wurstpaket hob er seine Nase und schnupperte. Die Fleischersfrau unterhielt sich noch mit Oma, sie wollte wissen, wann die Beerdigung sei. Sie guckte sich in der Runde um, und verschwand wieder. Ehe sie ging wollte Oma noch wissen, ob wir noch Schulden hätten, aber die Fleischers Frau verneinte es.

Oma beauftragte nun Dieter, leere Kartons zu besorgen, fünf Stück, damit wollte Oma für uns einzeln die Sachen verpacken. Ich durfte mitgehen und ich hatte die besten Ideen, in welchem Laden wir große Kartons bekämen, Am Blumenladen hatte ich beobachtet, dass die Blumen in großen Kartons angeliefert wurden. Wir bekamen vier Kartons, den anderen holten wir beim Bäcker, da er nicht so groß war, nahmen wir gleich zwei Stück. Die Verkäuferin schenkte uns noch Brötchen, die wir mit nach oben nahmen, nur Dieter musste unterwegs noch eins verschlingen. Ich staunte immer wieder, wie viel Dieter essen konnte, dabei war er sehr dünn.

Oma freute sich über die Kartons, wir sollten alles verpacken und die Kartons beschriften, sie wollte nach Hause fahren und am nächsten Tag mit Opa und noch anderen Verwandten zur Beerdigung wiederkommen. Sie nahm mich mit nach unten, ging mit mir in den Blumenladen und bestellte einen großen Kranz und drei kleine Sträußchen und bezahlte gleich alles. Morgen früh sollten wir die Blumen und den Kranz abholen.

Als wir aus dem Laden heraus kamen, stand Dora davor. Wir brachten Oma zur Bushaltestelle, die sich am Hauptbahnhof befand. Oma wollte es erst nicht, da sie glaubte, dass wir uns verlaufen, aber da sich der Hauptbahnhof nicht weit von Mamas Arbeitsstelle, dem »Tivoli« befand, war sie damit einverstanden. Oma drückte uns, als der Bus kam, das kannten wir gar nicht von ihr. Als der Bus losfuhr, winkten wir ihr noch.

Auf dem Rückwege guckten wir uns die Filmplakate an und waren sehr traurig, dass wir nun in Zukunft nicht mehr so viel schöne Filme sehen konnten. Plötzlich kam Mamas Chef, Herr Wedel auf uns zu und fragte uns, wo denn Mama bleibe, da sie dringend gebraucht würde. Wir konnten erst gar nicht antworten, weil die Tränen unaufhörlich flossen. Der Chef nahm uns mit in sein Büro, dort erfuhr er das Schreckliche. Eine Frau, die mit im Büro saß, weinte gleich mit uns, sie konnte es gar nicht fassen.

Woran Mama denn gestorben ist, wollte Herr Wedel wissen, aber wir wussten es ja selbst nicht. Von dem vielen Blut erzählten wir nichts, nur dass Mama hohes Fieber hatte. Herr Wedel steckte uns einen Briefumschlag zu, meinte, das wäre Mamas restlicher Lohn, den wir sicher gut brauchen könnten. Zum Schluss gab er uns noch ein paar Süßigkeiten und sagte, dass wir immer jederzeit unentgeltlich ins Kino kommen könnten und schickte uns wieder nach Hause.

Vera war froh, dass sie im »Tivoli « nicht Bescheid sagen brauchte. Es kamen an diesem Tag noch etliche Nachbarn, die ihr Mitleid und Beileid in Übergaben von Esswaren ausdrückten. Vier große Brote allein brachte die Verkäuferin vom Bäcker, Vera fragte gar nicht erst, ob wir noch Schulden zu bezahlen hätten, denn wir wussten alle, dass Mama keine Schulden gemacht hatte. Wenn kein Geld da war, wurde auch nicht auf Pump gekauft. Da wurde eben gar nichts gekauft und wir mussten uns mit einer einfachen Mehlsuppe zum Abendbrot begnügen. Aber geborgt wurde nichts. Mama sagte oft: »Borgen macht Sorgen und wir haben auch so genug Sorgen.«

Als Vera den Umschlag, den wir mitgebracht hatten, öffnete, war sie hocherfreut über so viel Großzügigkeit und sie sagte: »Jetzt können wir Mamas Beerdigung bezahlen, ohne etwas dazu zu borgen.«

Als wir am nächsten Tag aufstanden, war es noch sehr früh, aber wir konnten alle nicht mehr schlafen. Dieter wollte Wasser holen, als er die Tür öffnete mussten wir alle staunen. Eine große Menge Lebensmittel lag vor unserer Tür. Es war das erste Mal, dass wir Vera weinen sahen, sonst wirkte sie immer so hart! Aber bei diesem Anblick waren ihr doch die Tränen in die Augen geschossen.

Es sollte ein sehr heißer Tag werden. Ulla und Dieter holten nach dem Frühstück den Kranz und die Blumen. Um zehn Uhr kamen die Großeltern und noch viele andere Verwandte, sie warteten vor der Tür auf uns und dann zogen wir in langen Reihen, wir Kinder mit den hässlichen schwarzen Kleidern an der Spitze, die Lohestrasse entlang zum Lohefriedhof. Viele Nachbarn schlossen sich uns an.

Es war ein stilles Gedenken an Mama, keiner sprach ein Wort. Alle waren in Gedanken vertieft. Die Sonne brannte, es war ein unerträglich warmer Tag im August. In den schwarzen Kleidern sahen alle so gespenstisch aus, unsere Kleider kratzten und wir schwitzten sehr darin. Und der Weg wollte kein Ende nehmen, obwohl er nur 800 bis 1000 Meter lang war.

Als wir auf dem Friedhof ankamen, waren in der Feierhalle schon viele Menschen. Wir Kinder mussten uns ganz vorn auf die erste Bank setzen. Vor uns stand ein großer Sarg. Die Feier war sehr bedrückend. Der Pastor sprach von Mama, als wäre sie eine Heilige, er sprach vom Himmel, gegenseitiger Barmherzigkeit und von Vergebung der Sünden. Ich verstand nicht viel davon, konnte den Sinn noch nicht erfassen. Dann war die Rede zu Ende.

Jetzt kamen die Sargträger und wollten den Sarg anheben und hinaus tragen, da nahm Dora meine Hand und wir beide stürzten uns auf den Sarg und Dora schrie: »Mama, Mama bleib hier bei uns, Du sollst nicht in die kalte Erde«. Viele Anwesenden weinten noch lauter als vorher. Plötzlich wurden wir vom Papa sehr derb zurück gezogenen. Die Sargträger trugen nun den Sarg hinaus, wir durften nicht mit an die Grabstelle, da Vater befürchtete, dass wir in das offene Grab hinein springen würden.

Also blieben Dora und ich in der Feierhalle zurück. Wir umarmten uns und weinten bitterlich. Die leere Trauerhalle kam uns unheimlich vor. Als die Trauergemeinde zurückkam, waren alle noch sehr betroffen. Lautlos gingen wir wieder die lange Lohestraße zurück, wir mit hängenden Köpfen, denn wir befürchteten nach unserem Auftritt eine lange Gardinenpredigt vom Vater. Aber er kümmerte sich gar nicht mehr um uns.

Zu Hause angekommen, wunderten wir uns über die vielen fremden Leute in unserer Wohnung, auch Kinder waren dabei, bis wir gewahr wurden, dass die Kinder zu unserem Vater auch Papa sagten, und die Frau in dem schwarzen Kostüm den Vater auch gut kannte. Eine Welt brach für Dora und mich zusammen. Vater hatte also eine andere Frau und Kinder hatte er auch schon mit ihr! Dass es bereits acht Kinder waren und Ulla demnächst dort ihr Pflichtjahr abarbeiten musste, blieb mir und Dora noch verborgen.

Ich kannte unsere Wohnung nicht wieder. Die Sessel waren verschwunden, die Schränke leer, sogar mein Kaufmannsladen, für den ich zu Weihnachten eine Beleuchtung bekommen hatte und mit dem ich so gern spielte, existierte nicht mehr. Um uns Kinder kümmerte sich keiner, nur für die übrigen Möbel zeigte man lautstark großes Interesse. Besonders für das Bett, der »Ziehharmonika« von Dieter. Dora suchte auch ihre Puppe. Oma war noch nicht zurück, da sie etwas länger brauchte.

Da schlich ich mich an das große Bett in der Küche, das einzige, was noch vollständig vorhanden war, nahm meine alten Sachen, die ich vor Oma versteckt hatte, und eilte davon. Keiner hatte mein Weggehen bemerkt. Ich ging in unseren Park, zog mir das schwarze Kleid aus legte es sorgfältig zusammen unter den Baum, zog meine alten Sachen an und kletterte auf meinen Lieblingsbaum.

Es überfiel mich eine unheimliche Traurigkeit, Kinder, die mit mir spielen wollten, wehrte ich ab, ich saß nur auf dem Baum und weinte bitterlich. Ob ich nun zwei oder drei Stunden da oben gesessen hatte, das weiß ich nicht mehr, als ich meinen Namen rufen hörte. Ich gab aber keine Antwort, ich war endlos verbittert. Dora kannte ja meinen Lieblingsbaum, außerdem lag doch mein schwarzes Kleid unter dem Baum. Man brauchte mich also nicht lange zu suchen.

Onkel Waldemar, mein Lieblingsonkel stand mit Dora unter dem Baum und bat mich herunter zu kommen. Ich schüttelte den Kopf und meinte, dass ich hier übernachten wollte, Als aber Onkel Waldemar sagte, dass er noch einen

Urlaubstag hätte, den er gern mit uns verbringen möchte, da brauchte er mich nicht mehr zu bitten herunter zu kommen, ich kletterte ganz schnell den Baum herab.

Zu Hause angekommen, waren nur noch Oma, Opa und alle meine Geschwister in der Wohnung. Die anderen fremden Leute und fast alle Möbel waren weg. Oma sagte nur immer wieder: »So ein Halunke!« Ich wusste nicht, wer damit gemeint war, vermutete aber, dass es Papa war. Fragen wollte ich aber nicht.

Mir kam alles so fremd vor. Was würde denn Mama dazu sagen? Aber sie konnte ja nichts mehr sagen, sie war ja jetzt im Himmel und ihr ging es besser. Wir setzten uns alle auf das große Bett, das in der Küche stand und sicher, ja bestimmt sogar, den Aasgeiern nicht gefallen hat.

Ich fragte nach meinem Kaufmannsladen, den ich nirgends finden konnte, auch meine Papierpuppe mit den schönen Kleidern war verschwunden. Oma schüttelte nur den Kopf und Vera zuckte mit den Schultern. Sie waren ratlos. Den Verkauf der Möbel und den Abtransport hatte Vater in die Hand genommen. Von dem Geld sahen wir Kinder nicht eine müde Mark. wir konnten noch nicht mal mehr eine Kanne Malzkaffee kochen, denn der Gaskocher war auch mitgenommen worden. Von den Esswaren, die vor der Tür gelegen hatten, war auch das Beste weg.

Nach einer Weile fand Oma ihre Sprache wieder, denn auch sie wurde von allem übergangen. »Es hilft alles nichts,« sagte sie, »ihr könnt höchstens noch zwei Tage in der Wohnung bleiben, Dieter nehme wir gleich mit, Ulla geht zu

Vater und seiner zweiten Frau, Dora und ich werden von Frau Wolle vorerst betreut und Vera muss sich eine kleine Wohnung suchen!« Von der schnellen Trennung waren wir alle sichtlich berührt, denn die Tränen wollten nicht aufhören zu fließen.

Ich dachte mit Grauen an Balduin, wie wird er sich Dora und mir gegenüber benehmen, denn Dora konnte erst in ein paar Tagen später zu ihren neuen Pflegeeltern.

Onkel Waldemar hielt Wort, er holte uns am nächsten Tag vormittags ab. Wir waren zwar schon lange wach, denn gut konnten wir zu viert in dem einzigen Bett nicht schlafen. Ganz sicher war auch der Gedanke an die kommende Trennung daran schuld. Vera war damit einverstanden, dass der Onkel Waldemar mit uns an seinem letzten Urlaubstag etwas unternehmen wollte. Der Onkel Waldemar hatte uns alle gern. Auch als Mama noch am Leben war, und er noch nicht eingezogen worden war, kam er sehr oft zu uns und nie mit leeren Händen!

Die anderen Brüder meiner Mutter und auch die Schwestern kamen seltener, sie hatten auch alle schon eine eigene Familie, nur Onkel Waldemar war noch solo. Dora und ich, wir waren froh aus diesen leeren Räumen weggehen zu können. Es war alles so trist, in keiner Ecke fühlten wir uns wohl. Vera ermahnte Onkel Waldemar, mit uns spätestens um 18 Uhr wieder zurück zu sein.

Es wurde ein schöner Tag, der Onkel gab für uns seinen ganzen Sold aus, aber er freute sich darüber, uns etwas von all dem Traurigen ablenken zu können. Er brachte uns mit seinen Späßen sogar manchmal zum Lachen. Als er uns wieder nach Hause brachte, versprach er uns, seinen nächsten Urlaub wieder mit uns zu verbringen, Und wenn der Krieg zu Ende ist, würde er sich um uns kümmern. Leider war es sein letzter Urlaub, wir haben nie wieder von ihm gehört, er wurde als vermisst erklärt. Ich denke noch sehr oft an ihn.

Am nächsten Tag kam Frau Wolle mit ihrem Balduin. Wir verabschiedeten uns von Ulla, Vera war schon zur Arbeit gegangen. Ulla versprach uns, dass sie uns sehr oft besuchen käme. Dora musste ihren Karton selbst tragen, meinen Karton trug »Baldi«, so wurde er von seiner Mutter gerufen. Balduin war für seine elf Jahre schon sehr groß aber auch sehr schlaksig. Frau Winter winkte uns, als sie uns gehen sah. Bei Familie Wolle angekommen, wurde Doras Karton in die Ecke gestellt, da sich das Auspacken nicht lohnte. Für meine Sachen hatte Herr Wolle ein kleines Schränkchen gezimmert und ich konnte all meine Sachen darin einräumen.

Als nächstes bekamen wir ein reichliches Frühstück. Balduin nahm auch eine Marmeladensemmel, obwohl er auch schon gefrühstückt hatte, er aß wahrscheinlich genau so viel wie Dieter. Frau Wolle war der gleichen Meinung wie Mama, dass Jungen im Wachstum nie satt werden und viel essen müssen. Mir gefiel nur nicht, dass er auch auf unser Essen schielte, aber was sollten wir denn tun, wir mussten uns mit ihm vertragen.

Frau Wolle zeigte uns dann ihre Wohnung, die Räume waren viel kleiner als unser großes Wohnzimmer, aber dafür hatten sie drei davon. In der der einen Stube stand eine Liege, darauf sollten Dora und ich vorübergehend zusammen schlafen. Uns machte es nichts aus, denn wir waren es ja gewohnt, zusammen zu schlafen. Wir staunten über das kleine Bad und das Wasser und die Toilette in der Wohnung. Frau Wolle versprach uns, dass Dora und ich am Nachmittag baden durften. Wir freuten uns sehr darauf.

Nach dem Mittagessen, es gab Nudeleintopf, da holte Balduin das »Mensch ärgere dich nicht« Spiel aus einer Ecke und baute es auf dem Küchentisch auf. Er konnte ja richtig nett sein, das hätte ich nie von ihm erwartet, vor allem zu Dora war er sehr nett, vielleicht gefiel sie ihm. Ich wäre ja am liebsten in den Park gegangen, aber Frau Wolle freute sich so darüber, dass wir so gut harmonierten, da wollte ich nicht den Spielverderber spielen, außerdem konnte ich nirgends meine alten geflickten Sachen finden.

Am Nachmittag durften Dora und ich in die große Badewanne steigen und uns gegenseitig abschrubben. Wir haben uns sehr wohl hinterher gefühlt. Am späten Nachmittag kam Herr Wolle von der Arbeit nach Hause. In seiner Aktentasche bewegte sich ein Tier, wir konnten es aber nicht erraten welches. Er ging mit uns in das Bad, ließ Wasser in die Wanne und nahm aus seiner Tasche eine kleine Gans, setzte sie unter fürchterlichem Geschnatter ins Wasser und meinte, dass von nun an das Tier gut gefüttert werden müsste, damit wir zu Weihnachten einen guten Braten auf den Tisch bekämen. Und Balduin setzte hinzu: »Und gebadet wird nur mit der Gans!« Alle lachten über den Scherz, aber ich traute ihm alles zu.

Am Abend hörten wir noch ein wenig Musik, es waren Soldatenlieder. Wir kannten sie alle, da Mama nicht nur den Text von den Volksliedern, sondern auch von den Wehrmachtsliedern kannte. Es blieb lange hell, doch Frau Wolle bestand darauf, dass wir gegen 20 Uhr schlafen gingen. Der Tag war so ereignisreich und von neuen Dingen gefüllt, dass wir auch recht müde waren. Auf der Liege hatten wir beide gut Platz, nur ohne Mama einschlafen, das war schwer. Dora weinte wieder und mir kamen auch die Tränen, Frau Wolle kam noch mal zu uns, streichelte unser Haar, diese Liebkosung machte alles noch viel schlimmer. Balduin meinte, dass wir beide Heulsusen sind, aber er hatte ja keine Ahnung, wie weh das alles tat.

Balduin wurde von seiner Mutter sehr verwöhnt, er war ein Nachzügler, sein großer Bruder war 17 Jahr älter als er, in diese Familie sollte Dora später dann aufgenommen werden. Frau Wolle rannte Tag und Nacht, um ihrem Baldi alles zu erleichtern, sie erzog ihn zu einem richtigen Egoisten. Herr Wolle sagte nicht viel, er guckte nur den Jungen an, und da musste er folgen. Solange Dora noch da war, ging alles so einigermaßen normal, er schien Dora gut leiden zu können, aber mich nicht.

Als Frau Wolle am nächsten Tag meinte, dass wir in den Lesebüchern ein bisschen lesen sollten, und Baldi bald merkte, dass ich viel besser lesen konnte, als er und Dora, obwohl ich gerade erst die erste Klasse beendet hatte. Balduin kam jetzt in die fünfte Klasse und Dora in die sechste. Da hatte er keine Lust mehr zu lesen und wurde unausstehlich, sein Buch flog in die Ecke und er warf mir einen gehässigen Blick zu. Mutter Wolle hob das Buch auf und machte es wieder glatt. Sie lobte mich, dass ich so schön lesen konnte, das gefiel dem Baldi gar nicht.

In den Park spielen zu gehen, hatte ich zwar Lust, aber mit Baldi nicht, und Dora wollte auch lieber oben spielen. Ich ging in die Küche und half der Hausfrau beim Abwasch. Dafür durfte ich dann den Topf mit den Resten des Schokoladenpuddings auskratzen, Aber Baldi stürzte auf mich zu und riss mir den Leckerbissen weg. Bestimmt war das sonst seine Aufgabe. Ich konnte mir nicht helfen, ich hatte ein bisschen Angst vor ihm.

Dora wurde am Wochenende abgeholt, gerade als Ulla und Vera sich von uns verabschiedeten. Es war alles so traurig. Wir drückten uns alle sehr zum Abschied. Vera hatte in einer ganz andern Gegend eine kleine Wohnung gefunden, so dass sie nicht so oft zu uns kommen konnte, aber sie hatte es dadurch nicht weit zur Arbeit. Vera ließ mir noch eine neue Papierpuppe mit vielen schönen Kleidern da und Dora bekam auch noch ein Abschiedsgeschenk.

Dora wohnte nur ein paar Straßen weiter, so konnten wir uns öfters sehen, so dachten wir als Kinder, es sollte aber ganz anders kommen. Frau Wolle umsorgte Baldi und mich gleichermaßen und das gefiel dem verwöhnten Sohn überhaupt nicht. Seit Dora nicht mehr hier war, wurde er immer bösartiger. Mal zwickte er mich in den Arm, mal schubste er mich sehr derb in den Rücken, und immer so, dass es Frau Wolle nicht bemerkte.

Ganz schlimm trieb er es beim Mittagessen. Einmal kippte er meinen ganzen Teller um, so dass der Eintopf über den

Tisch lief, als Frau Wolle den Rücken drehte. Dann stibitzte er mir das Fleisch vom Teller, seine Mutter wunderte sich, dass ich es so schnell verschlungen habe. Als ich es sagen wollte, wer das Fleisch in Wirklichkeit gegessen hatte, trat er mich mit aller Wucht gegen das Schienbein.

Frau Wolle schüttelte nur den Kopf über ihren Sohn. Ihrem Mann erzählte sie nichts davon, vielleicht hoffte sie, dass er sich noch an mich gewöhnen würde. Sie wunderte sich nur, dass ich nie mit Baldi in den Park spielen gehen wollte, sie wusste ja nicht, dass ich Angst vor seinen Attacken hatte.

Am Wochenende wurde die Gans für ein paar Stunden in die Aktentasche von Herrn Wolle verfrachtet, die Wanne gereinigt und danach wurde gebadet. Ich kann gar nicht sagen, wie groß der Schreck von Frau Wolle war, als sie meine vielen blauen Flecken sah. Als sie mich ausfragte, woher ich die Flecken habe, sagte ich nichts, ich weinte nur. Jetzt wusste sie, wer der Übeltäter war, sie rief Herrn Wolle und zeigte ihm meinen blauen Körper.

Baldi leugnete alles ab, aber da ich noch nicht allein draußen auf der Straße war, wurde der Übeltäter bald überführt. Nun musste er ohne Abendbrot ins Bett. Das war für ihn eine große Strafe, denn er aß genauso gern und so viel wie mein Bruder Dieter. Am nächsten Tag versprach Baldi beim Frühstück hoch und heilig mich nicht mehr zu zwicken, zu stoßen und dergleichen. Ich aber traute ihm nicht.

Und ich sollte Recht behalten, sein Versprechen war nicht von langer Dauer, nur dieses Mal ließ ich es mir nicht mehr gefallen. Ich wehrte mich mit Händen und Füßen und mit den Zähnen, genau soviel blaue Flecken und Wunden wie ich, hatte er dann auch. Frau Wolle war ganz verzweifelt, als sie uns zwei Kampfhähne einmal überraschte, aber jetzt wusste sie, dass ich mich nur gewehrt hatte und ihr Baldi sein Versprechen missachtet hatte.

Herr und Frau Wolle unterhielten sich am Abend sehr lange, ich hörte nur immer wieder das Wort »Heim«! Ich wurde vor lauter Angst krank. Am Morgen hatte ich Temperatur und mein Kopf tat mir sehr weh. Ich bekam Tee zu trinken und Frau Wolle machte mir Wadenwickel, die mir gar nicht gefielen. Baldi stand daneben und grinste. Appetit hatte ich überhaupt keinen. Das Fieber stieg trotz Wadenwickel noch an und Husten bekam ich auch noch. Wahrscheinlich hatte ich mir vor ein paar Tagen, als meine Kleider öfters nass geworden waren, eine Sommergrippe geholt. Sonst war ich nie so empfindlich.

Frau Wolle deckte mich mit ein paar Decken zu, da sie hoffte, dass ich die »Erkältung« rausschwitzte. Essen wollte ich nichts, aber viel trinken! Baldi passte das gar nicht, dass seine Mutter so besorgt um mich war, und dass sie wenig Zeit für ihn hatte. Er maulte rum, wenn ihn seine Mutter bat, mit zu helfen. Frau Wolle sah ganz traurig aus, wenn Baldi so widerspenstig war. Nachmittags bin ich dann ein bisschen eingeschlafen.

Frau Wolle hoffte schon, dass ich das Schlimmste überstanden hätte. Aber nach ein paar Stunden stieg das Fieber auf 39,8! Jetzt entschloss sich Frau Wolle, in eine Apotheke zu gehen. Es war nicht sehr weit. Sie sagte zu Baldi: »Pass auf das Mädel auf, dass sie gut zugedeckt bleibt.« Kaum waren wir allein, da holte Balduin sämtliche Decken und Federbetten, die in der Wohnung vorhanden waren, dann fesselte er meine Arme und Beine und deckte dann alle Decken auf mich drauf. »So.« sagte er, »Damit du nicht erfrierst, und gefesselt habe ich dich, damit du still liegst und nicht aus dem Bett fällst!«

Ich schrie aus Leibeskräften, denn es war sehr unbehaglich. »Wenn du nicht still bist, stecke ich dir ein Tuch in den Mund, so dass du keine Luft mehr kriegst.« schrie Balduin, er holte den Teppichklopfer und schlug mit aller Wucht auf die aufgestapelten Betten, dabei wiederholte er immer wieder nur den einen Satz: »Du nimmst mir meine Mutter nicht weg, du nicht!« Er schlug und schlug und schlug unaufhörlich voller Wut. Ich konnte schon nicht mehr schreien und wimmerte nur noch.

Auf einmal hörte ich eine Stimme hinter Balduin sagen: »Nanu, was ist denn hier los?« Ich steckte meinen Kopf aus den Decken hervor, da standen Herr und Frau Wolle ganz erschrocken vor meinem Bett. Balduin räumte schnell die Decken wieder ab, und da sahen Balduins Eltern, dass ich gefesselt war. Sie waren ganz entsetzt und verlangten von ihrem Sohn eine Erklärung für sein gesamtes Verhalten. Balduin maulte rum: »Wann bringt ihr sie endlich in ein Heim?« Herr Wolle sah seinen Sohn lange an und sagte: »Wenn jemand in ein Heim muss, dann wohl du«! Die Eheleute wechselten einen langen Blick.

Der Abendfrieden war gestört. Balduin aß still sein Abendbrot, er wagte nicht, seinem Vater in die Augen zu gucken.

Frau Wolle kümmerte sich rührend um mich, nach den Tabletten, die sie mir gegeben hatte, bin ich dann eingeschlafen, habe aber gemerkt, dass in der Nacht jemand meinen Schlaf bewachte. Drei Tage lag ich im Bett, dann fühlte ich mich spürbar besser. Herr Wolle kam die nächsten Tage nicht pünktlich nach Hause, sonst konnte man die Uhr nach ihm stellen. Frau Wolle meinte, dass er noch einige Wege erledigen müsse. Ich fühlte, dass er meinetwegen unterwegs war.

Mir war es nun schon egal, ob ich in ein Heim kam oder nicht, Schlimmer als mit dem Balduin zusammen zu leben, konnte es auch nicht sein. Herr Wolle sprach dann am dritten Abend wie ein väterlicher Freund zu mir. Er sagte: »Wir hatten gehofft, dass Balduin sich über eine Schwester freuen würde, aber leider ist das nicht der Fall.« Er hätte für mich eine Bleibe in einem Übergangsheim gefunden, aber nur vorübergehend, bis ein Heimplatz frei werden würde. Sein Sohn Balduin würde nach den Vorkommnissen nicht ungestraft davon kommen. Morgen solle mich Frau Wolle in das Übergangsheim bringen.

Ich konnte die ganze Nacht nicht schlafen, aber auch Frau Wolle war sehr unruhig in dieser Nacht. Früh hatte sie ganz verweinte Augen. Sie packte meine Sachen in den Pappkarton, suchte, ob sie noch etwas rum liegen sah, und schnürte dann den Karton zu. Mir zog sie ein selbst genähtes Kleid an, es gefiel mir so gut, dass ich ihr um den Hals fiel. Es hätte nicht viel gefehlt und sie hätte wieder geweint. Balduin musste zu Hause bleiben.

Als wir aus der Haustür heraus traten, sah ich Frau Winter vor dem Cafe stehen, ich rannte zu ihr rüber, um mich von ihr zu verabschieden. Von meinen Geschwistern hatte sie auch nichts mehr gehört. Sie gab mir einen Keks. Ich rannte die Wendeltreppe hinauf, in der Hoffnung irgendjemanden zu sehen. Aber meine Hoffnung wurde getrübt, es war niemand mehr in der Wohnung. niemand öffnete, da konnte ich klopfen, so lange ich wollte. Ich setzte mich auf die Stufe der oberen Treppe, die ganzen Erinnerungen, als sie Mama holten, liefen an mir vorbei. Ich war nicht fähig, einen klaren Gedanken zu fassen. Da hörte ich Schritte, aber es war nur Frau Wolle, die sich Sorgen um mich gemacht hatte. Sie sah mich auf der Stufe sitzen, sah mein verweintes Gesicht, sie sagte kein Wort, nahm mich nur in den Arm.

Dann stiegen wir die Treppe hinunter. Balduin stand am Fenster streckte mir die Zunge heraus und machte Faxen. Ich versuchte, gar nicht nach dem Fenster zu sehen. Zuerst fuhren wir mit der Straßenbahn, dann mit einem Bus und dann hatten wir noch einen ganz schön langen Fußweg zu bewältigen. So weit war es ungefähr zu Oma nach Klein-Masselwitz.

Endlich waren wir am Ziel angelangt. Ein großes graues Haus, das aussah wie ein Kasten, sollte nun vorübergehend mein neues Domizil sein. Ich konnte nirgends eine Blume entdecken. Wenn wir auch zu Hause arm waren, Mama hatte immer Blumen am Fenster, und wenn es selbst gezogene waren. Als wir an dem grauen Haus klingelten, öffnete eine ältere Frau und nahm mich gleich unter ihre Fittiche. Ich drückte noch mal Frau Wolle, sie sagte: »Es tut mir so leid, ich hätte dich gern als meine Tochter behalten.« Dann ging sie schnell weg. Ein paar Jahre später sollte ich sie unter schlimmen Umständen wieder sehen.

Die neue Erzieherin nahm mich gleich mit in die Spiel-stube zu den anderen Kindern. Ich wurde neugierig beäugt, aber keiner sagte ein Wort. Dann führte mich die Frau in ein Büro, dort durfte ich mich auf einen Stuhl setzen und musste sehr lange warten, bis jemand Zeit für mich hatte. Dann kam eine ältere Person, die im Gesicht genauso zerknittert war, wie meine Großmutter, aber sie war sehr freundlich zu mir, fragte mich nach meinem Namen, nach meinem Alter und nach meinen Geschwistern und sie wollte auch wissen, warum ich nicht bei Familie Wolle geblieben bin, da zeigte ich ihr meine blauen Flecke und andere Male, die mir Baldi zugefügt hatte. Darauf sagte die Heimleiterin kein Wort mehr, sie hob meinen Pappkarton auf, nahm mich bei der Hand und zeigte mir mein Bett.

Ich war erschrocken, mindestens 15 Betten in einem Raum! Ob es da sehr laut werden würde in der Nacht, darüber machte ich mir große Gedanken. Dann wurde mir noch der Raum gezeigt, in dem wir alle gemeinsam zum Essen zusammen kommen. Danach durfte ich in das Spielzimmer gehen, das mir zuerst gezeigt worden war. Ich ging hinein und setzte mich in eine Ecke.

Es waren 37 Kinder, einige saßen an einem kleinen Tisch und bastelten mit Buntpapier, die Mädchen unterhielten sich in einem Flüsterton, andere malten in kleinen Malbüchern, die Jungen spielten mit Holzstückchen und andere Kinder saßen da und wussten nichts mit sich anzufangen. Mir war langweilig und ich fragte ein Mädchen, ob sie das Spiel kennt: »Ich sehe was, was du nicht siehst«, aber bekam keine Antwort. So blieb ich wieder in meiner Ecke bis zum Mittagessen sitzen.

Es gab Kartoffelsuppe, die ich gern aß, aber sie schmeckte ganz anders als zu Hause. Ich aß die Suppe aber trotzdem auf, denn so verwöhnt war ich ja nicht. Dann mussten wir alle zum Mittagsschlaf. Bis jetzt ging alles friedlich zu, nur den Mittagsschlaf mochten viele nicht, da ja auch noch ältere Kinder dabei waren. Sie versuchten sich zu drücken. Zum Glück schliefen sie in einem anderen Raum.

Nach dem Aufstehen verlief der Tag genauso langweilig wie vorher. Die Kinder guckten ab und zu mal zu mir in die Ecke, aber das war auch alles. Ich hatte Sehnsucht nach meinen Geschwistern und vor allem nach meiner Mama, ich war unendlich traurig. Vor dem Abendbrot war Singstunde, die meisten Lieder kannte ich, mitsingen konnte ich trotzdem nicht, ich war zwar mit in dem Kreis, aber mir schnürte es die Kehle zu. Tante Irma, so hieß eine Heimerzieherin, drängte mich auch nicht dazu. Sie sah mich nur immerzu an.

Nach dem Abendbrot musste ich noch einmal ins Büro, ich bekam dort ein ganz kleines Schränkchen zugewiesen, darin verstaute ich meine Sachen aus dem Pappkarton. Zum Schluss bekam ich noch ein Nachthemd zugeteilt. Nach dem Waschen gingen wir schlafen, ich war sehr müde und schlief schnell ein. Ich muss wohl sehr unruhig gewesen sein, denn ich merkte, dass die Nachtwache, die ich noch nicht kannte, an meinem Bett stand und zu mir etwas sagte, ich antwortete aber nicht. Sie deckte mich noch mal gut zu, sprach noch lange mit den anderen Kindern, die sehr unruhig waren, sie ging von Bett zu Bett, beruhigte sie und verschwand wieder. Irgendwie fühlte ich mich geborgen, wenn ich innerlich auch sehr einsam war.

Zu meinem Erstaunen erfuhr ich am nächsten Tag, dass wir in diesem Heim keine richtigen Unterrichtsfächer hätten, nur Lesen und Rechnen wurde geübt. Auf die »Schule« freute ich mich am meistens, denn obwohl ich die kleinste und die jüngste war, konnte ich ausgezeichnet lesen und im Rechnen war ich auch mit die Beste. Das brachte mir auch einige Freundinnen ein, wir lasen viel zusammen, am liebsten Märchen, die Tanten hatten nichts dagegen, im Gegenteil, sie freuten sich darüber.

Auch Tante Irma merkte bald, dass ich alle Kinderlieder und andere Lieder gut singen konnte und den Text wusste ich auch auswendig. Sie wusste ja nicht, dass Mama so viel mit uns gesungen hatte. Sehr oft guckte ich zum Fenster raus zu den Wolken, leider konnte ich meine Mama nicht wieder entdecken.

Am Wochenende bekamen etliche Kinder Besuch. Ich wartete auch immer sehnsüchtig darauf, von meinen Lieben irgendjemanden zu sehen. Ich wusste ja nicht, dass meine Geschwister öfters versucht hatten, zu mir zu kommen, da aber keiner von ihnen volljährig war, durften sie das Heim nicht betreten. Die Erzieherinnen sagten es mir auch nicht. Erst als ich erwachsen war, erzählte mir Dora, wie sehr sie sich bemüht hatten, mich im Heim zu besuchen.

An den Wochenenden, an den ich vergeblich auf Besuch gewartet hatte, habe ich zum Abendbrot oft keinen Bissen runter gekriegt, und die halbe Nacht habe ich geflennt. Vielleicht wurden auch meine Geschwister nicht zu mir gelassen, um am Ende mich noch trauriger zu machen. So

vergingen Tage und Wochen. Manches Kind fand Pflegeeltern, es kamen neue Kinder hinzu.

Tante Irma und Tante Lotte versuchten ihr bestes, den
Heimkindern Wärme zu geben, was sehr selten vor-
kam, aber Mutterliebe konnten sie nicht ersetzen. Ich
wurde immer dünner und trauriger. Da hatten unsere
Tanten einen guten Einfall. Es war Ende November, bis
zu Weihnachten noch vier Wochen, da probten sie mit
uns ein kleines Theaterstück. Da ich so klein war, spielte
ich natürlich einen Zwerg, ich musste dann singen und
das gefiel den Tanten sehr gut. Überhaupt alle Kinder
waren wie ausgewechselt und waren alle sehr eifrig bei
der Sache.

Seit Oktober hatte es geschneit, aber einen Schneemann
bauen oder eine Schneeballschlacht konnten wir nur einmal machen, da es an warmen Mänteln und hohen Schuhen fehlte. Sehnsüchtig drückte ich oft meine Nase an
die Glasscheibe und freute mich über die Gebilde, die die
Schneeflocken an die Fensterscheiben zauberten. Die Tante
tröstete uns damit, dass wir nicht frieren brauchten, und
da gaben wir ihr Recht.

Der Heiligabend verlief sehr ruhig. Wir sangen einige
Weihnachtslieder. Jeder bekam einen süßen Teller und
wir waren zufrieden. Viel aufgeregter waren wir am ersten
Weihnachtsfeiertag, da sollten wir unser kleines Theater-
stück vor »Publikum« aufführen. Die Zuschauer waren alle
Tanten, die Köchinnen aber auch Verwandte von einigen
Kindern. Alle Stühle waren besetzt, nur von meinen Ver-
wandten war niemand zu sehen.

Dann begann die Vorstellung. Die Zuschauer lauschten gespannt. Das Stück handelte von den Heinzelmännchen, die den Erwachsenen überall halfen, sei es bei der Arbeit, beim Kochen, beim Aufräumen oder bei der Kindererziehung. Ich spielte ein hilfsbereites Heinzelmännchen, das die Kinder in den Schlaf sang. Als ich mit meiner Rolle und dem Gesang zu Ende war, stürzte ich hinter die Bühne gerade in den Schoß von Tante Irma und weinte bitterlich. Bis zum Schluss hatte ich gehofft, dass jemand von mir käme, aber es kam niemand. Tante Irma versuchte mich zu streicheln, doch das war nur ein schwacher Trost.

Unser Theaterstück fand guten Anklang und die Tanten beschlossen, noch andere Stücke einzuüben. Ich sollte wieder eine singende Rolle übernehmen. Das alles nahm ich zur Kenntnis, fand aber keine Freude daran. Es schneite unaufhörlich und es war auch ziemlich kalt. Am Morgen -20 Grad, das war keine Seltenheit. Vom Jahreswechsel merkten wir nicht viel, nur das die Tanten stöhnten und meinten, dass wieder ein Jahr vorbei sei. Wir Kinder verstanden es nicht, wir warteten voll Sehnsucht auf wärmere Tage. Aber das sollte ich in diesem Heim nicht mehr erleben.

Am 4. Januar mussten plötzlich Annemarie, Ingeborg und ich unsere Pappkartons packen, es hieß, dass wir in ein anderes Heim verlegt werden. Tante Irma schenkte uns zum Abschied noch jedem ein Paar selbst gestrickte Handschuhe, wir freuten uns sehr darüber, denn wir konnten sie bei diesem Frost gut gebrauchen. Wir wurden in einem Kastenwagen transportiert, ich kann mich gar nicht mehr besinnen, ob ein Fenster drin war. Aber es war ja auch egal, wir interessierten uns nicht für die Umgebung. Man sagte uns auch nicht, wohin wir gebracht würden.

Ich aber wusste, wenn wir jetzt weit wegführen, dass ich meine Geschwister nie wieder sehen würde. Ich vergoss Tränen, aber es half nichts, ich musste in das Auto steigen, da das Heim, in dem ich jetzt war, ja nur ein Übergangsheim war und dass alle Kinder nur kurz hier blieben, bis sie verlegt würden.

Im Auto lagen Decken, darin sollten wir uns einwickeln, um nicht zu frieren. Wir setzten uns auf die Bank und die Fahrt ging los. Es war so gegen 14 Uhr als wir losfuhren. Als der Fahrer den Kastenwagen öffnete, um nach uns zu sehen, wurde es schon dunkel. Wir bekamen etwas warmen Tee zu trinken, durften dann auch mal ins Gebüsch gehen, dann ging die Fahrt weiter. Obwohl wir in Decken eingewickelt waren, fingen wir doch an zu frieren. Wir standen auf und hopsten herum, da wurde uns etwas wärmer, zum Glück hat es den Fahrer nicht gestört.

Ingeborg und Annemarie waren beide drei Jahre älter als ich und wir ahnten schon, dass das neue Heim ziemlich groß sein musste und dass wir dort getrennt würden. Als wir endlich in unserem neuen Domizil ankamen, waren wir durchgefroren bis auf die Haut und zitterten. Die Decken legten wir zusammen und ließen sie im Wagen und dann stiegen wir aus, viel konnten wir nicht sehen, nur dass ein sehr großer freier Platz vorhanden war.

Sofort mussten wir ins Aufnahmebüro. Wir klapperten am ganzen Körper. Eine Frau saß am Schreibtisch, sie erhob ihre Augen.Von dem Blick konnte einem das Blut im Körper gefrieren. Sie sagte nur: »Nehmt euch zusammen, so kalt ist es nicht!« Jeder musste seinen Namen und das Alter sagen. Ich war als letzte an der Reihe und flüsterte meinen Namen. Da wurde die Frau puderrot und schrie. »Wirst du gefälligst lauter sprechen, und veräppeln kann ich mich selber.« Ich war mir keiner Schuld bewusst, bis ich merkte, dass sie meinen spaßigen Familiennamen meinte.

Ich klapperte jetzt vor Angst mit den Zähnen und sagte: »Ich heiße aber wirklich so!« Den Blick, den ich von ihr zugeworfen bekam, war vernichtend. Jetzt wusste ich, dass ich in diesem Heim nicht froh werden würde.

Die Abendbrotzeit war vorbei und so bekamen wir auch kein Abendbrot mehr. Wir mussten zur Entlausung, obwohl wir keine Läuse hatten, dann ging es in den Duschraum, hier wurde uns wenigstens wärmer. Die Handtücher und die kratzenden Nachthemden bekamen wir von einer anderen Frau. Auch steckte diese uns heimlich jedem eine Schnitte mit Margarine zu, die wir gleich im Duschraum essen mussten, sie passte dabei auf, dass uns niemand dabei überraschte. Hier spürte ich schon, dass die Frau mit dem kalten Blick an Härte von niemandem übertreffen wurde.

Wie ich schon im Auto befürchtet hatte, kamen die zwei älteren Mädchen in ein anderes Zimmer als ich. Mich erwarteten neugierige Kinder, die nicht schlafen wollten. Mich fragten sie immer wieder, woher ich käme. Hier erfuhr ich auch, dass ich in Schweidnitz im »Kesselstift« gelandet bin und zu den Frauen nicht »Tante« sagen durfte, sondern sie mit Frau und ihrem Familiennamen anreden musste. Die etwas nettere Frau brachte mir einen Nachttopf, sie erklärte mir, dass dieser am morgen bei den Toiletten entleert werden müsste.

Zu uns allen sagte sie: »Jetzt wird aber geschlafen, morgen früh um sechs ist die Nacht rum, oder wollt ihr etwa Ärger mit der Frau Krasnowolski haben.« Ruckartig wurden die Kinder still. Mir brauchte niemand erklären, wer diese Furcht einflößende Person war, das konnte nur die Frau mit dem eiskalten Blick sein, die uns im Büro in Empfang genommen hatte.

Es wurde sehr still im Raum. Ich war sehr erschöpft, trotzdem konnte ich nicht schlafen. Das Nachthemd kratzte erbärmlich und mir war so bange ums Herz, meine Mutter war weit weg, ich weinte mich in den Schlaf, aber es dauerte sehr lange, bis ich einschlief. Ein schriller Ton weckte mich aus meinem Schlummer. Ich guckte dumm aus der Wäsche. Meine Bettnachbarin rief: »Komm schnell waschen!«

Wir rannten im Nachthemd in einen großen Waschraum, wuschen uns, putzten die Zähne und rannten wieder zurück in den Schlafraum. Auf meinem Bett lag ein unförmiger Kittel mit Streifen. Alle Mädchen trugen so einen Kittel. Ich zog ihn schnell an, dann nahm ich meinen Nachttopf und lief mit Vera zu den Toiletten, das war ein ziemlich weiter Weg. Dann brachten wir die Töpfe wieder unter unsere Betten. Die Jacken, die wir dann anzogen sahen aus wie Säcke, aber sie wärmten ein wenig. An den Füßen trugen wir dicke Socken und im Winter schwere Schnürschuhe.

So angezogen rannten wir dann zu dem Appellplatz. Jeden Tag, Punkt sieben Uhr war Appell, ob es regnete oder schneite, ob die Sonne schien oder ob es eiskalt war, immer. Wer unpünktlich erschien, musste noch zusätzlich eine Stunde stehen und bekam kein Frühstück. Natürlich bemühten sich alle, pünktlich zu sein. Der Appell dauerte eine Stunde. Zuerst wurde das »Horst-Wessel-Lied« gesungen, dann wurden Neuankömmlinge vorzitiert und die Heimordnung vorgelesen, außerdem wurden sie von Frau Krasnowolski auf ihre Kleidung kontrolliert. Ich hatte bei der Jacke einen Knopf falsch zugeknöpft und erhielt dafür gleich einen Tadel.

Nachdem wir wieder in der Reihe standen, hielt die »Oberin« einen politischen Report und wehe, sie merkte, dass du nicht richtig zuhörst, schon war die nächste Strafe fällig. Jeder fürchtete ihren stets bei sich tragenden Rohrstock. Uns war allen kalt, aber wir mussten trotzdem ausharren. Nach dem Appell eilten wir noch mal in die Schlafräume, um die Betten zu machen, auch das wurde kontrolliert.

Endlich konnten wir in den Frühstücksraum gehen, ich hatte vor allen Dingen Durst. Jeder hatte seinen Platz. Es waren cirka 100 Kinder und trotzdem war es ruhig im Saal, keiner traute sich laut zu reden. Kaffee (Muckefuck) gab es genug, aber Brot und Marmelade wurden zugeteilt. Ich wurde satt, nur die größeren Jungen hätten gern mehr gegessen. Ein Glück, dass mein Bruder nicht hier sein musste, er wäre nie satt geworden, sein Magen hätte oft geknurrt. Unser Kaffeegeschirr mussten wir selbst abräumen.

Nachdem wir nochmals unsere Kleidung in Ordnung gebracht und uns ordentlich gekämmt hatten, nahm mich meine Bettnachbarin Vera mit zur Schule. Im Korridor stand ein großes Regal, da lagen Schulbücher und Hefte und Stifte drin. Jeder hatte sein eigenes Fach. Für mich war auch schon eins eingerichtet. Es ging sehr ruhig zu, niemand schubste oder drängte sich vor. Es wurde darauf geachtet, dass alles sehr ordentlich behandelt wurde. Eselsohren an den Büchern und Heften wurden von Frau Krasno an den eigenen Ohren nachempfunden.

Ich hatte noch keinen Platz und blieb deshalb vorn stehen. Frau Krasno kam, mir klopfte das Herz, dieses Mal bemängelte sie nicht meine Kleidung. Aber meine Frisur gefiel ihr nicht. Sie war der Meinung, dass deutsche Mädchen Zöpfe tragen müssen. Ich musste mich auf die erste Schulbank setzen. Wir hatten Politunterricht. Ich verstand gar nichts. Da bekam ich einige Fragen gestellt, konnte sie aber nicht beantworten und auch aus Angst, dass ich etwas falsch beantwortete, gab ich keine Antwort. Das brachte mir gleich zwei Sechsen und einen Eintrag in ihr »Merkbuch«, das sie stets bei sich trug, ein.

Zwei Stunden hatten wir dieses langweilige Fach, dann gab es eine Pause von 15 Minuten. Vera zeigte mir nochmals die Toiletten und wies darauf hin, dass wir in unserer Pause unbedingt diese benutzen müssten. Dann hatten wir eine Stunde Deutsch. Das machte mir wenigstens etwas mehr Spaß, vor allen Dingen konnte ich ja einigermaßen gut lesen, aber als ob Frau Krasno es geahnt hatte, sie nahm mich nicht dran. Ich meldete mich aber auch nicht, aus Furcht, doch zu versagen.

Diese Lehrerin schuf eine furchtbare Atmosphäre. Alle Kinder, auch die älteren, hatten eine schreckliche Angst vor ihr. Nie sah man sie lächeln. Sie war als Erzieherin völlig fehl am Platz. Für sie zählte nur Strenge und Härte und eine positive Einstellung zum Hitlerregime. Sogar die anderen Lehrer oder Erzieher zogen sich von ihren Erziehungsmethoden zurück. Aber sie war die Heimleiterin und so mussten sie sich alle, ob sie wollten oder nicht, ihr unterordnen.

Zum Mittagessen gab es Eintopf, der einigermaßen schmeckte, wer rummäkelte oder nicht aufaß, musste so lange sitzen bleiben, bis die Schüssel leer war und bekam kein Abendbrot. Dann halfen wir Kleinen in der Küche beim Abwasch und die großen mussten den Hof säubern. Auch die Toiletten wurden regelmäßig geputzt. Wir Kleinen durften dann eine Stunde ruhen, bis um 15 Uhr der Unterricht weiter ging.

Jetzt hatten wir leichtere Fächer: Musik, Heimatkunde und Rechnen. Vor allen Dingen bei anderen Lehren, vor denen wir nicht so Angst hatten. In Musik wurde ich abermals enttäuscht, da ich hoffte, schöne Volkslieder singen zu können. Frau Krasno hatte vorgeschrieben, nur diese Lieder zu üben, die täglich beim Appell gesungen wurden. Ich sang nur leise mit, wurde aber auch nicht von Frau Hilscher dafür gerügt.

In der Heimatkunde sprach die Lehrerin, Frau Rosig, über den Winter und über den kommenden Frühling. Es war eine Ablenkung von dem tristen Dasein. Die Mathematikstunde war am besten, es wurde das Einmaleins geübt, und da konnte ich gut mithalten. Außerdem merkte man bei dieser Lehrerin, Frau Rosig, dass sie mit Kindern umgehen konnte, sie war es auch, die uns im Duschraum heimlich eine Schnitte gegeben hatte.

Zum Abendbrot gab es zwei Scheiben Brot mit Margarine und Harzer Käse. Danach halfen wir wieder in der Küche. Die größeren Kinder mussten dann noch täglich die Klassenräume säubern und vor allem das Regal mit den Büchern und Heften in akribischer Ordnung halten. Die Schlafräume wurden immer abwechselnd gereinigt, einmal von den großen und einmal von den kleinen Mitbewohnern. Fenster putzen mussten die älteren Jungen. Spielzimmer gab es nicht, nur einen Informationsraum, da konnten die neuesten Nachrichten im Radio gehört werden. Die meisten Kinder gingen dahin, da die »Krasno« im Polituterricht immer Fragen stellte, die in den Nachrichten vorkamen.

Den ersten Tag bin ich nicht dahin gegangen, da ich so erschöpft war und mich nach der Abendtoilette ins Bett begab. Ich schlief auch sofort ein. Die Nachtwache wunderte sich auch nicht darüber, wahrscheinlich erging es allen Neulingen so. Allmählich gewöhnte ich mich an den Tagesablauf, woran ich mich aber nicht gewöhnen konnte, das war für mich die ungewohnte Herzlosigkeit den Kindern gegenüber.

Frau Rosig war die Beste, sie zeigte aber ihre Wärme nur, wenn sie mit uns allein war. Beim Sportunterricht, der von einem Mann, Herrn Sauer geleitet wurde, kam auch keine Freude auf! Wir lernten marschieren, marschieren und nochmals marschieren! Die Bälle, die in der Ecke lagen, wurden selten genutzt, dabei hätte ich so gern Völkerball gespielt und auch andere Kinder schielten nach den Bällen. Das einzige, was noch geübt wurde, war der Hitlergruß. Das war unser Sportunterricht!

Herr Sauer galt auch als eine Respektsperson, nicht, dass er uns nach einer Verfehlung mit dem Rohrstock drangsalierte, nein, das tat er nicht, aber er trug alles in sein Notizheft ein und berichtete dann Frau Krasno. Sie dachte sich dann immer hässliche Bestrafungen aus wie zum Beispiel Essenration kürzen, sämtliche Waschbecken mit der Zahnbürste sauber machen oder eine Stunde eher auf dem Appellplatz stehen und vieles mehr. Ihr fiel immer etwas ein. Alle Kinder waren auch nicht ihrer hämischen Laune ausgesetzt.

Diejenigen Kinder, die blond waren und blaue Augen hatten, wurden bei kleineren Vergehen überhaupt nicht bestraft, nur die »Mischrasse« hatte es ihr angetan. Die ältesten in unserem Heim waren sechzehn Jahre alt, ich dachte mit Grauen daran, noch fast acht Jahre hier bleiben zu müssen. Einige der älteren waren schon sechs Jahre in diesem Heim. Man merkte ihnen an, dass sie selbst sehr abgestumpft waren, jede Strafe nahmen sie mit Selbstverständlichkeit und ruhiger Gelassenheit hin, als gäbe es gar nichts anderes.

Zu den Neuen waren sie grob und gemein. Ich verglich sie oft mit Balduin, er hätte hierher gut her gepasst, aber obwohl er mir seine Mutter missgönnte und gemein zu mir war, wünschte ich ihm trotzdem nicht, in so einem Heim aufwachsen zu müssen. Ich versuchte so viel wie möglich den Großen aus dem Weg zu gehen. Nur beim Essen gelang es mir nicht immer, sie durften vor den Augen von »Krasno« Beine stellen oder gar den Teller leer essen. Bei Frau Rosig taten sie es nicht.

Eine Woche vor dem 20. April, dem großen Feiertag, nämlich Hitlers Geburtstag, hatten wir keinen Unterricht mehr. Wir wurden nur noch auf diesen Tag getrimmt, denn es sollte hoher Besuch kommen. Der Hitlergruß hatte es Frau Krasno angetan. So, wie wir grüßten, gefiel ihr noch lange nicht. obwohl wir im Sportunterricht immer übten. Jedes Kind musste vortreten, grüssen und wieder zackig in die Reihe treten. Wer nicht gut genug grüsste, wurde aussortiert und musste noch etliche Stunden üben, ich war natürlich dabei, obwohl ich mir große Mühe gab.

Alle blonden Zöglinge brauchten nicht zusätzlich üben. Übrigens, wer den Namen von Frau Krasno nicht vollständig aussprach, musste 100 »Krasnowolski« aufschreiben und außerdem eine Woche lang während der Mittagszeit sämtliche Toiletten sauber machen. Das Mittagessen fiel dann natürlich aus. Mich erwischte sie auch einmal, ihre Augen glänzten, mir diese Strafe verkünden zu dürfen.

Es war immer noch kalt und mit kaltem Wasser hatte ich ganz schön zu tun, alles sauber zu machen. Zum Glück kontrollierte Frau Rosig die Reinigung. Da sie wusste, dass es die ganze Woche für mich kein Mittagessen gab, brachte sie mir jeden Tag eine trockene Schnitte mit, die ich aber gleich auf der Toilette essen musste. Ich empfand das alles so unappetitlich und herabwürdigend, und doch war ich froh, dass ich überhaupt etwas zu essen bekam.

Die Woche wollte überhaupt nicht vergehen, zumal ich noch 100 mal den Namen »Krasnowolski« schreiben musste. Abends bekam ich aber dann genug zu essen, weil die Leiterin keinen Dienst hatte, legte mir die Küchenfrau noch etwas Zusätzliches auf den Teller. Das war Balsam auf meine kranke Seele. Doch ich wurde immer dünner. Und ich fühlte mich auch ganz unwohl.

Ohne dass ich es verstand und ohne es zu wollen, wurde ich Bettnässer. Da wir die Betten selbst machen mussten, konnte ich es lange verheimlichen. Aber ich sollte bald erfahren, dass es noch mehr Bettnässer gab. An einem Sonntagmorgen, es war ziemlich frisch, wurden wir nach dem Frühstück alle rausgetrommelt, wir dachten, dass der Appell noch mal stattfindet, aber wir sahen nur die Leiterin an dem berüchtigten Baum stehen, sie hatte, wie immer den gefürchteten Rohrstock in der Hand. Den Baum nannten wir alle den Rohrstockbaum, jedes Mal, wenn jemand was »ausgefressen« hatte nach der Meinung von Frau Krasno, wurde er an diesem Baum bestraft.

Dabei war es ein so schön gewachsener Baum. Wenn dieser alles erzählen könnte, was sich unter seinen Zweigen und Blättern ereignete und mitfühlen könnte, er wäre lange eingegangen. Zwei große Jungen, Nino und Fritz, saßen beide im Nachthemd auf ihren Nachttöpfen an dem berüchtigten Baum. Der Grund, sie wären zu faul, in der Nacht aufzustehen, und machten lieber ins Bett. So die Aussage von Krasno! Beide Jungen waren 14 Jahre alt. Ich dachte mit Grauen an mein nasses Bett. Mir klopfte Herz bis zum Hals.

Jetzt mussten wir alle mit Gejohle um die beiden »Bettnässer« herum tanzen und sie auslachen. Wer nicht laut genug lachte, bekam mit dem Rohrstock. Mich traf der Stock auch ein paar Mal. Anschließend ging es gleich wieder zum Appell, die beiden ausgelachten Bettnässer durften nicht zum Appell, sie mussten sitzen bleiben.

Krasno muss es mir an meinen Augen angesehen haben, denn kurz nach den Marschübungen, kontrollierte sie alle Stuben auf Sauberkeit und ob die Betten ordentlich gemacht worden sind und dabei entdeckte sie mein schmutziges nasses Bett. Was dann kam, war furchtbar. Sie schrie außer sich vor Wut: »Habe ich es mir doch gedacht, dass die kleine Laus ihr Bett nicht sauber hält, an den Baum!« und so musste ich mir das Nachthemd anziehen und mich zwischen die beiden Jungen auf den Topf setzen.

Die Kinder grölten unwahrscheinlich laut: »Bettnässer, Bettnässer!« Mir war kalt und ich rutschte auf dem Topf immer hin und her, schon handelte ich mir einen Schlag von Krasno ein. Ich war so verzweifelt und fing an zu weinen. Die Küchenfrauen schüttelten nur den Kopf, sie konnten das ganze Geschehen nicht verstehen. Frau Rosig hatte an diesem Sonntag frei. Mir wurde immer kälter, ich rutschte vom Topf, darauf hatte Krasno nur gewartet, sie stürzte auf mich zu und goss mir den Inhalt des Topfes über den Kopf. Es war schrecklich und beleidigend zugleich. Die Kinder schrieen immer lauter.

Ich schämte mich zu Tode. Ich habe es bis heute meinen Kindern und auch sonst niemandem erzählt, es war zu demütigend, ich bekomme noch heute Gänsehaut, wenn ich an diese Vorkommnisse denke.

Saubere Bettwäsche bekam ich nicht, ich musste dann auch noch in dem schmutzigen Bett Mittagschlaf halten. Ich wurde abgestumpft, hatte keine Freundin und guckte immer sehnsüchtiger nach dem Himmel. Aus dem einst so fröhlichen, flinken Mädchen war ein langsames, stupides Kind geworden. Ein Glück, dass die anderen Lehrer nicht so gemein waren. Am zugänglichsten war Frau Rosig, alle Kinder hatten sie gern, sie war auch die einzige, die die Anweisungen von Krasno nicht immer befolgte. Sie war aber an diesem Tag, an dem die Bettnässer bestraft wurden, nicht anwesend, ich glaube, sie hätte mir und den Jungen geholfen.

Dann kam der 20. April! Schon am Tag zuvor bekam jeder von uns einen neuen Rock, eine Bluse und eine Jacke, sogar Halbschuhe wurden verteilt. Alle Mädchen, die älter als zehn Jahre alt waren, und auch die Jungen, die dieses Alter hatten, bekamen noch Zubehör dazu. Ich wusste, dass mein Bruder auch so eine Uniform getragen hatte. Dann mussten wir auf dem Appellplatz Aufstellung nehmen. Alle Kinder, die blond und blauäugig waren und die vollständige Uniform trugen, wurden in die ersten Reihen gestellt. Die anderen verwies Krasno auf die nächsten Reihen. Ich stand in der allerletzten Reihe und war zu meinem Glück kaum zu sehen, denn vor mir stand ein größeres Mädchen.

Am 20. April wurden wir sehr zeitig mit lauter Wehrmachtsmusik über den Lautsprecher geweckt. Trotzdem hatten wir zu tun, pünktlich und ordentlich auf dem Appellplatz zu sein. Denn die neuen Sachen ließen sich schlecht anziehen, sie waren ziemlich steif. Heute sollte hoher Besuch kommen und da durften wir vor dem Appell frühstücken. Ehe wir uns aufstellten, wurde jeder von uns durch Krasno in Augenschein genommen. Sie legte großen Wert auf Sauberkeit und Ordnung.

Beim Frühstück stolperte ich über das Bein eines Jungen und bekam Kaffeespritzer auf die Bluse. Ich weinte, denn ich hatte Angst vor der Bestrafung. Eine Küchenfrau half mir aber, die Bluse sauber zu machen, und so merkte es Krasno nicht, obwohl sie bei mir zweimal kontrollierte, sie fand aber nichts Negatives. Der hohe Besuch, der kommen sollte, schien sich zu verspäten, wir standen schon über eine Stunde auf dem Platz, die neuen Schuhe fingen an zu drücken.

Krasno wurde immer nervöser, zu ihrer Beruhigung schmetterten die Angetretenen ein Lied nach dem anderen, ich sang nicht mit, Krasno sah es nicht. Denn ich stand verdeckt in der allerletzten Reihe. Endlich hörten wir zwei Autos auf den Hof fahren. Die Insassen wurden von allen Lehrern in Empfang genommen Es waren acht Personen, die sich alle neben Krasno stellten. Sie hielt eine Rede zum Hitlergeburtstag und wir sangen dann die eingeübten Lieder.

Danach sprach ein hoher Offizier und die Krasno wurde mit irgendeinem Orden ausgezeichnet. In seiner Ansprache betonte der Redner, dass wir Kinder stolz sein können, in so einem Objekt wohnen zu dürfen. Das wäre aber ohne die liebevolle Hingabe für die Kinder durch Frau Krasnowolski nicht möglich! Die anderen Lehrer wurden mit keinem Wort erwähnt.

Mir liefen die Tränen über das Gesicht. Am liebsten wäre ich vorgetreten und hätte gesagt, dass Krasno überhaupt nichts für Kinder übrig hat, sondern eine kalte, gemeine Hexe ist. Aber die Strafe danach konnte ich mir ausmalen und so traute ich mich nichts zu sagen. Ach, wenn meine Mama mich sehen könnte. Zum Schluss der Feierstunde mussten wir alle noch an den Ehrengästen und den Lehrern vorbei marschieren. Zum Glück war Krasno im Gespräch vertieft, sodass sie meine unvorschriftsmäßige Kehrtwendung nicht mit bekam.

Nach dem großen Appell hatten wir frei. Da niemand mit mir spielen wollte, ging ich hinaus auf die Wiese, die sich gleich hinter dem Appellplatz ausbreitete. Es lag überall noch etwas Schnee, aber ich konnte schon ein paar Schneeglöckchen entdecken, darüber freute ich mich sehr. Frau Rosig kam zu mir, sie sah, dass ich ganz allein war. Sie fragte mich, was ich von einem Sommerfest halte, jedes Kind sollte eine andere Blume darstellen. So im August, in den Ferien wäre die richtige Zeit dafür.

Dann wollte sie noch wissen, welche Blume ich spielen möchte? Ich erwiderte, dass ich eigentlich alle Blumen gern habe, aber am liebsten wäre mir der Klatschmohn. Da ich zu Hause viel gebastelt hatte, schlug ich vor, die Blumen aus Krepppapier zu machen. Frau Rosig freute sich über die gute Idee, dabei merkten wir beide nicht, dass uns Krasno beobachtet hatte. Vera, meine Bettnachbarin. sagte es mir später.

Es dauerte gar nicht lange, da hörten wir laute Stimmen im Büro schreien, aber wir hörten auch die energische Stimme von Frau Rosig. Frau Rosig war die einzige Lehrerin, die keine Furcht vor Krasno hatte. Ich hatte Angst, dass ich schuld war und Krasno sie entlassen würde. Aber es blieb alles beim Alten! Ich hatte oft Bauchschmerzen, traute es aber niemandem zu sagen, denn bei Krasno gab es keine Kranken, die wurden dann zusätzlich mit einer Aufgabe bedacht. Krasno fand immer eine Arbeit, sie war der Meinung, dass Krankheit nur Einbildung ist und was von allein kommt, muss auch von allein wieder weggehen! Der Arzt, der jeden zweiten Tag in unser Heim kam, hatte wenig zu tun, es sei denn, es wurde geimpft.

Es vergingen ein paar Tage, meine Bauchschmerzen wurden schlimmer, Appetit hatte ich auch nicht, und ich glaube, dass ich auch Fieber hatte. Die erste Stunde bei Krasno war vorbei, in der kleinen Pause eilte ich auf den »Donnerbalken,« In der zweitem Stunde hatten wir Deutsch, heute konnte ich mich nicht konzentrieren, denn ich musste schon wieder raus zur Toilette. Ich meldete mich zaghaft und sagte: »Ich muss auf die Toilette.« Krasno lief rot an und schrie: »Warum bist du nicht in der Pause gewesen?« Ich sagte: »Ich bin ja gewesen.« Darauf sie: »Zu faul in der Pause zu gehen und jetzt den Unterricht schwänzen, du bleibst!«

Dann sagte ich ganz leise: »Ich bin wirklich gewesen!« Darauf kam Krasno zu mir an die Schulbank geflogen, zerrte mich an den Haaren nach vorn, warf mich auf ihren Stuhl und schlug mich mit ihrem gefürchteten Rohrstock überall hin: Auf die Arme, auf die Hände, auf den Rücken auf die Beine, auf den Kopf. Es war wie Spießruten laufen, sie hörte nicht auf und schlug immer fester zu. Als sie merkte, dass ich meinen Kopf mit den Armen schützen wollte, wurde sie noch heftiger, sie warf mich vom Stuhl auf die Erde und schlug weiter zu, so dass mein Gesicht und der Hals auch einige Schläge abbekam. Endlich hielt sie in ihrer Raserei inne, trat mich mit den Füßen und schrie: »Raus mit dir, du Laus, ich will dich nicht mehr sehen«.

Ich raffte meinen Körper zusammen und schlich aus dem Klassenzimmer! Dabei konnte ich sehen, dass alle Kinder sehr betroffen waren. Sie lachten mich nicht mehr aus, wie am Vortage. Vera, meine Bettnachbarin, versuchte mich noch beim Hinausgehen zu streicheln, da schlug Krasno ihr gleich auf die Hände. Ich konnte kaum laufen, die Toilette kam mir heute besonders weit vor. Dann kroch ich wieder zurück ins Schulgebäude und suchte einen passenden Platz zum ausruhen. Mir tat der ganze Körper weh. Ich quetschte mich zwischen das Regal und die Garderobe, setzte mich hin und war todtraurig, die Tränen konnte ich nicht mehr zurückhalten. Ich habe einfach nicht verstanden, warum mich die Krasno so verprügelt hatte.

Dann hörte ich Schritte, ich zog mich noch mehr in meine Ecke zurück. Zu meiner Erleichterung war es Frau Rosig. Sie kam zu mir, guckte mich an, mein Gesicht war ganz geschwollen. Ich brauchte kein Wort zu sagen. Sie gab mir die Hand und zog mich aus der Ecke heraus, dabei weinte ich vor Schmerzen. Ich konnte meine Beine kaum bewegen. In der großen Pause durfte ich auf meinem Platz sitzen bleiben. Die Kinder kamen herein und einige streichelten mich. Darüber habe ich mich gewundert, aber es tat mir gut.

Jetzt hatten wir Rechnen bei Frau Rosig, ich konnte aber leider nicht viel mitmachen, denn mich drückte schon wieder die Blase. Meine Beine gehorchten mir nicht mehr. Ich konnte sie nicht mehr bewegen, sie waren wie gelähmt. Ich wusste nicht, was ich machen sollte. Ich versuchte, es zurück zu halten, doch ich schaffte es nicht und ließ der Blase freien Lauf. Frau Rosig bemerkte erstaunt die immer größer werdende Pfütze.

Bevor sie etwas sagen wollte, sprang Vera auf. Sie erzählte Frau Rosig alles, von der Bettnässerstrafe bis zum Verprügeln in der vergangenen Stunde. Die Lehrerin hörte sich das alles in Ruhe an, dann bestimmte sie Vera vorzukommen und die Aufgaben mit den Schülern leise zu üben. Danach nahm sie mich bei der Hand und ging mit mir zum Arzt, der heute anwesend war. Der Arzt guckte in das Gesicht von Frau Rosig, denn er hatte die vielen Striemen auf meinem Körper gesehen. Jetzt traute ich mich auch zu sagen, dass mir seit einigen Tagen der Bauch weh tut.

Ich wurde lange untersucht, der Doktor stellte eine Blasen- und Nierenbeckenentzündung fest. Ich musste sofort ins Krankenzimmer, bekam Medikamente und Tee, der gar nicht gut schmeckte, aber ich trank ihn. Ich hatte auch Fieber, dafür gab es auch Tee. Frau Rosig strich mir Salbe über meine wunden Stellen, da merkte sie, dass ich zitterte, ich hatte eher als sie gefühlt, dass Krasno im Anmarsch war. Der Arzt war auch noch im Raum.

Das aber störte sie nicht los zu brüllen: »Das habe ich mir doch gleich gedacht, dass die kleine Laus sich krank jammert, und gepetzt wird auch noch.« Sie wollte mich aus dem Bett ziehen, aber der Arzt hielt sie davor zurück. Frau Rosig schrie jetzt auch: »Ich habe sie gewarnt, ihren Orden müssen sie zurückgeben, sie herzlose Person, niemand hat hier gepetzt, sehen sie doch selbst, was sie angerichtet haben. Frau Rosig hatte keine Angst vor Krasno, denn sie konnte jederzeit mit ihrem Mann, der einen hohen Posten in der Hitlerregierung hatte, darüber sprechen und dafür sorgen, dass hier besser kontrolliert würde oder, dass Krasno gar ihren Heimleiterposten verlor.

Frau Rosig hatte eine längere Aussprache mit Krasno im Büro. Man hörte die sonst so ruhige Frau Rosig auch laut sprechen. Dann blieb sie die ganze Nacht an meinem Bett, denn das Fieber stieg, auch der Arzt kam nicht jeden zweiten, sondern jeden Tag, um nach mir zu sehen. Sogar Krasno fragte einmal den Arzt, ob ich etwas brauche. Der Arzt meinte viel Obst und wärmere Kleidung wäre angebracht. Ich lag 20 Tage im Krankenbett, dann durfte ich aufstehen, an den Appellen brauchte ich noch nicht teilzunehmen.

Es war jetzt auch wärmer draußen, die Sonne schien. Frau Rosig hielt sich oft in meiner Nähe auf. Wenn ich Krasno sah, machte ich einen großen Bogen um sie. Nach einem Monat musste ich wieder zum Unterricht. Mir graute davor, vor allen Dingen glaubte ich, dass die Kinder mich wieder auslachten, aber das ganze Gegenteil war der Fall, so viele Freundinnen auf einmal hatte ich hier noch nie. Krasno quittierte es mit ernster Mine, ließ mich aber in Ruh.

Heimatkunde hatten wir bei Frau Rosig. Sie gab uns die Aufgabe aus Buntpapier sämtliches Obst, das wir kannten, auszuschneiden und auf einen Bogen Papier zu kleben. Ich habe das zu Hause oft mit Dora gemacht, deshalb fiel es mir leicht, in Windeseile Kirschen, Pflaumen, Erdbeeren, Birnen, Äpfel und Himbeeren, alles Obst, das Papa auf seinem Obstkarren hatte, auf die Rückseite des Buntpapiers zu malen, auszuschneiden und auf das weiße Papier zu kleben. Die meisten Kinder hatten erst zwei oder drei Früchte geschafft, da präsentierte ich bereits meine 6 Obstsorten, fein säuberlich aufgeklebt. Frau Rosig war darüber sehr erfreut und bat mich anderen Kindern, die dabei etwas Schwierigkeiten hatten, zu helfen.

Übrigens, nachdem ich mich von meiner Krankheit wieder erholt hatte, habe ich auch nie wieder eingenässt. Vor den Unterrichtsstunden bei Krasno hatte ich immer schreckliche Angst. Habe mich auch mündlich nicht mehr beteiligt, nur das schriftliche habe ich mitgeschrieben, aber ich konnte sehr oft null Fehler im Diktat haben, eine bessere Note als drei habe ich nie erhalten, stets wurde etwas bemängelt, zum Beispiel: Über den Rand geschrieben, oder zu eng geschrieben, oder schlechte Schrift! Aber mir war das egal, denn ich wusste ja, dass es nicht stimmte und etwas dagegen zu sagen, das verkniff ich mir. Die anderen Kinder fanden es gemein.

Eines Tages, es war Ende Mai, wir spielten auf der Wiese, da unterhielt sich eine Frau, die wir noch nie gesehen hatten, mit Frau Rosig. Wir dachten, es sei die neue Küchenhilfe, die gesucht wurde. Diese Frau unterhielt sich sehr lange, dabei entging mir nicht, dass sie immer wieder nach mir hinguckte. Ich wusste gar nicht, was ich davon halten sollte. Nach einer ganzen Weile rief mich Frau Rosig zu sich, und bat mich, alles was ich in der Heimatkunde gebastelt hatte, zu holen. Ich wunderte mich darüber, holte aber diese Sachen, darunter auch das Kostüm aus Krepppapier für das Sommerfest.

Ich gab alles Frau Rosig und wollte wieder mit den anderen Kindern spielen, aber sie sagte: »Bleib hier, unser Besuch hat dir etwas zu sagen.« Ich hatte unwillkürlich Herzklopfen, ich weiß nicht warum. Ich guckte die Frau erwartungsvoll an. »Ich komme aus Görlitz«, sagte sie, »und vor kurzem war ich zu Besuch in Breslau, bei meiner Cousine, sie heißt Frau Wolle. An sie kannst du dich sicher noch erinnern. Deine Schwester Dora, von der ich dir ganz liebe Grüsse ausrichten soll, habe ich auch kennen gelernt. Ich habe sie so nett gefunden, dass ich äußerte, dass ich auch ein Kind annehmen will. Daraufhin ließ sie nicht mehr meine Hand los und sagte immer wieder: ›Bitte hol mir die Eva aus dem Heim, sie geht kaputt dort.‹«

Frau Wolle war einmal mit meinen Geschwistern im Breslauer Heim gewesen, aber sie kamen zu spät. Ich war schon weg. Daher wusste Frau Wolle, wo ich jetzt bin. Die Frau guckte mich lange an, sie begutachtete meine Basteleien. Frau Rosig sagte immer wieder ähnliche Worte, wie meine Schwester Dora sie gebraucht hatte: »Bitte nehmen sie das Kind aus dem Heim, sie geht hier zu Grunde.« Ich konnte es gar nicht glauben! Hatte mir Mama wieder geholfen? Denn vor zwei Wochen bildete ich mir wieder ein, sie kurz zwischen den Wolken gesehen zu haben. Gesprochen habe ich mit niemandem darüber, ich wollte mich nicht noch einmal auslachen lassen.

Die Frau unterhielt sich noch lange mit Frau Rosig und mir, dabei sah ich, dass Krasno uns beobachtete, mein Herz blieb mir stehen und ich stotterte: »Aber nichts Frau Krasnowolski sagen, sonst lässt sie mich nicht gehen!« Frau Rosig beruhigte mich, sie würde da schon aufpassen, sie erklärte unserem Besuch nur, dass Krasno ungerecht streng wäre. Nachdem der Besuch sich verabschiedet hatte, mit dem Versprechen, bald wieder etwas hören zu lassen, auch wenn es von staatlicher Seite nicht klappt, war mir auf einmal ganz schlecht, ich bekam einen hochroten Kopf und es drehte sie alles um mich. Zum Glück war noch Frau Rosig in meiner Nähe, sie legte mich seitwärts auf den Rasen.

Es dauerte aber nicht lange, da wurde es wieder besser, Frau Rosig meinte, dass dieses nur die Aufregung sei. Nun wartete ich täglich auf Post aus Görlitz. Doch Ende Juni hatte ich die Hoffnung schon aufgegeben, dass irgendein Bescheid käme, aber es tat sich nichts. Dabei hatte mir die Frau so gut gefallen. Es kamen Zweifel auf, dass ich ihr nicht zugesagt hätte. Vera machte mir Mut, damit ich nicht so traurig war. Dann kam im Juli mein Geburtstag, ich wurde neun Jahre alt.

Extra gefeiert wurde natürlich nicht. Nur beim Frühstück wurde mir gratuliert, auch Krasno gab mir die Hand und überreichte mir einen geöffneten Brief. Als ich die strahlenden Augen von Frau Rosig sah, wurde mir ganz warm ums Herz, da wusste ich, dass der Brief etwas Schönes enthielt.

Zuerst nahm ich eine selbst gezeichnete Geburtstagskarte von meiner Schwester Dora heraus. Viele Glückwünsche waren drauf und die Bemerkung: »Ich freue mich mit dir.« Dann zog ich einen kleinen Brief heraus, darauf stand mit fein säuberlicher Schrift, dass alles klappen wird, dass ich aber noch etwas Geduld haben müsste, da die Wege sehr viel Zeit in Anspruch nehmen! Sie freut sich schon sehr, und sie hofft, ich auch. Sie schätzt, dass es noch einen Monat dauern wird. Ganz liebe Grüsse zum Geburtstag! Ich strahlte, ich glaube, dass es das erste Mal war, so lange ich hier im Heim gewesen bin. Ein schöneres Geburtstagsgeschenk hätte ich gar nicht bekommen können.

Einige Kinder freuten sich mit mir, nur Vera war ganz traurig, als sie mich bat: »Frage doch deine zukünftige Pflegemutter, ob sie noch eine Cousine hat.« Ich versprach es ihr. Es sollte noch über einen Monat ins Land gehen, ehe ich abgeholt wurde. Ich hatte schon die Befürchtung, hier im Heim wieder zur Schule gehen zu müssen. Ich war zwar versetzt worden, aber mit fürchterlich schlechten Zensuren, alles nur Dreien und Vieren.

Und dann kam der heiß ersehnte Tag. Meine Sachen wurden dieses Mal nicht in einen Karton gepackt, sondern in einen kleinen Koffer, den meine so heiß ersehnte Abholerin mitgebracht hatte. Ich musste mit meiner zukünftigen Pflegemutter noch einmal ins Büro. Zum Glück war auch Frau Rosig dort. Wir bekamen alle meine Papiere ausgehändigt. Zum Abschied wollte mir Krasno noch einmal wehtun, sie war der Meinung, dass Kinder, die schon länger im Heim waren als ich, in eine Familie überwechseln sollten. Sie bot meiner Pflegemutter ein anderes Mädchen an. Als sie jedoch von meiner Pflegemutter ein Kopfschütteln quittierte, und Frau Rosig meinte, dass es schon beschlossene Sache sei, da guckte Krasno wieder ganz kalt und hinterhältig.

Beim Verabschieden gab ich nur Frau Rosig die Hand, Krasno nicht, die mich und meine Pflegemutter wieder mit furchtbaren Augen ansah. Später meinte meine »Mutti«, dass bei diesem Blick ihr das Blut im Körper gefroren sei, dieser Blick sagte alles über diese Person aus: streng, kaltblütig, gehässig, gemein und fanatisch!

Frau Rosig ging mit auf den Hof. Dort warteten einige Kinder, um sich von mir zu verabschieden. Vera stand auch dabei und weinte. Das tat mir so leid. Mit einem Blick auf Frau Rosig öffnete ich meinen kleinen Koffer, nahm mein Klatschmohnkostüm heraus und schenkte es ihr! Sie freute sich mit Frau Rosig, denn ihr Klettenkostüm war nicht so schön geworden. Sie fiel mir um den Hals. Ich versprach ihr mich zu melden, auch, wenn es mit einer Pflegschaftsstelle nicht klappen würde. Meine neue Pflegemutter hörte es und versprach auch ihr, sich umzuhören.

Dann verließen wir das Heim. Ich guckte mich auch nicht mehr um, denn ich wollte so schnell wie möglich zum Bahnhof. Mir schwirrte der Kopf, so als ob ich träumen würde! Ich bat daher meine Begleiterin mich in den Arm zu zwicken, da ertönte ein herzliches helles Lachen, dass mir froh ums Herz wurde. Während der Bahnfahrt erfuhr ich auch, dass ich in Zukunft noch einen Pflegevater haben werde, der in Görlitz auf uns wartet. In Görlitz angekommen wurden wir auch von ihm abgeholt.

Schon bei der Begrüßung merkte ich aber, dass ich nicht sehr willkommen war! Ich war trotzdem ganz aufgeregt. Die Wohnung, in der ich in Zukunft mit wohnen würde, war nicht sehr groß, aber ich war ja Bescheidenes gewöhnt. Es dauerte dann allerdings sehr lange, ehe ich »Mutti« und »Vati« sagen wollte, aber man drängte mich auch nicht. Darüber war ich sehr froh.

Da ja noch große Ferien waren, sind wir jeden Tag in unseren Schrebergarten gelaufen. Da war es sehr schön. Neben den wunderschönen vielen Blumen, deren Namen ich fast alle kannte, gab es auch einen Apfelbaum, einen Birnbaum und einen Reneklodenbaum. Ein paar Beete mit Tomaten, Wirsingkraut, grünen Gurken und grünen Bohnen waren auch angelegt. Auch ein schon großer Kürbis wuchs auf dem Komposthaufen. Man freute sich, dass ich viel Interesse zeigte und man staunte, dass ich die Früchte und Blumen namentlich kannte. Nur die vielen Würzpflanzen kannte ich nicht alle.

Nachdem ich überall angemeldet wurde, musste ich zur Schule. Da meine Pflegemutter nicht wollte, dass mir etwas zustößt, brachte sie mich die erste Zeit zur Schule und holte mich auch wieder ab. Solange das Wetter noch schön war, gingen wir anschließend in den Garten. Wir liefen an der WUMAG (Waggon- und Maschinenbau) vorbei, hier arbeitete der Pflegevater als Technischer Zeichner. Eigentlich war er Tischlermeister, konnte aber diese schwere Arbeit wegen eines Magenleidens nicht mehr ausüben. Die Pflegemutter ging nicht zur Arbeit. Vor ihrer Ehe war sie in einem Hutgeschäft als Direktrice angestellt. Sie hatte sehr geschickte Hände.

Im Winter half sie bei einer Arztfamilie die Wäsche in Ordnung zu bringen. Der Arzt war gleichzeitig unser Hausarzt. Als mich meine Pflegemutter das erste Mal bei ihm untersuchen ließ, wollte er es nicht fassen, dass mein kleiner Körper so viele Hiebe abbekommen hatte, denn man konnte noch die verheilten Striemen sehen. Außerdem war ich für mein Alter viel zu dünn.

Zu essen hatte ich jetzt genug, wenn es auch wenig Kuchen und Leckerbissen gab, die gab es nur zu Festtagen, so konnte ich mich wenigstens satt essen und es hat auch immer gut geschmeckt. Die Pflegemutter hatte einen Haushaltkursus mit gemacht und konnte deshalb oft aus wenigen Zutaten leckere Speisen zubereiten. Sie hoffte aber, dass sie mich bald wieder aufpäppeln konnte, denn sie hatte ja auch wie alle anderen keine Ahnung, was für schlechte Zeiten wir noch durchstehen mussten. Ich war schon froh, dass ich keine Angst mehr vor Krasno haben musste.

Ich tat alles sehr eifrig, was mir aufgetragen wurde, auch in der Schule wurde ich nach anfänglichen Schwierigkeiten besser, darüber freuten sich »meine Eltern« natürlich sehr. Aber leider fiel auch in unsere Familie ein Wermutstropfen. Der Pflegevater bekam den Stellungsbefehl. Innerhalb von drei Tagen musste er sich bei der Wehrmachtsstelle einfinden. Natürlich war da eine sehr große Aufregung in der Familie. »Mutti« ging ein Stück mit, ich konnte nicht, da ich Unterricht hatte. Als ich nach der Schule im Garten ankam, merkte ich, dass sie sehr traurig war. Als ich das Wort »Mutti« sagte, seufzte sie und drückte mich.

Im Laufe der Zeit gewöhnten wir uns aber daran, dass wir jetzt allein waren. Die erste Post kam aus Holland, eine Sorge weniger, aber was war morgen? Zwei mal konnten wir den Pflegevater besuchen und zwar jedes Mal im Lazarett. Einmal lag er in einem Ort im Schwarzwald und einmal in Regensburg. Über unser Kommen freute er sich immer sehr. Aber nach jeder abgeheilten Wunde wurde er wieder an die Front geschickt.

In Görlitz war unser Tagesablauf immer derselbe. In der Schule wurde ich so gut, dass Mutti beantragte, mich in eine höhere Schule zu schicken. Dem Antrag wurde stattgegeben, ich wurde in die Mittelschule aufgenommen, und ich hatte jetzt einen ziemlich weiten Weg zu laufen. Aber ich ging gern zur Schule.

Einmal hatte ich Mutti, ohne dass ich es wollte, große Sorgen gemacht. Und das war so: Ich kam in der Schule an, ging immer sehr zeitig von zu Hause weg da sah ich, dass im Keller der Schule irgendetwas gearbeitet wurde. Ich guckte durch das geöffnete Fenster, da streckte ein Mann seine Hand raus und sagte: »Hunger, bitte Brot« Ich gab ihm meine eingewickelten Schnitten. Das sah ein anderer Schüler und erzählte es dem Lehrer »Herrn Studienrat« Widderling weiter.

Zu meinem Entsetzen musste ich anfangs der Stunde gleich vor die Klasse treten. Da wurde ich gerügt, einem Russen mein wertvolles Brot gegeben zu haben. Da ich aber nicht gewusst habe, dass es ein Kriegsgefangener Russe war, bekam ich nur einen Eintrag in das Klassenbuch, eine Benachrichtigung nach Hause und da gerade an diesem Tag

Hitlers Geburtstag war, durfte ich nicht an den Feierlichkeiten teilnehmen, sondern musste den ganzen Vormittag in der Ecke stehen.

Dabei kamen mir wieder Gedanken an das Heim in Schweidnitz in den Sinn und an die Feier am 20. April! Ich war eigentlich froh, dass ich in der Ecke stehen musste, da brauchte ich wenigstens nicht stundenlang den Hitlergruß zeigen, denn da konnten die Arme ganz schön schlapp werden. Nur traurig war ich, dass ich die Benachrichtigung mit nach Hause nehmen musste und somit meiner Mutti Kummer bereiten würde.

Sie war auch sehr entsetzt darüber. Ich jedoch verstand es nicht. Da erklärte mir meine Pflegemutter, dass ich mir so etwas nicht mehr erlauben darf, da mein richtiger Vater im KZ sei, er ist SPD-Mitglied. Meine Neugier wurde nun geweckt, denn ich verstand nicht, dass ich einen Vater und einen richtigen Vater hatte. Da erfuhr ich auch den richtigen Namen meines Vaters und dass er aus Oppeln stammt. Jetzt wurde mir auch klar, warum Krasno mich so schlecht behandelt hatte und mich immer »Laus« nannte. Ich versprach dann mein Frühstücksbrot nicht wieder zu verschenken und mich auch nicht von einem Fremden ansprechen zu lassen.

Am nächsten Tag ging sie mit zur Schule, um dem Direktor zu erklären, dass ich nicht wissen konnte, wer in dem Keller arbeitet. Der Direktor zeigte Verständnis dafür und somit war die Sache erledigt. Mutti fiel ein großer Stein vom Herzen, aber es dauerte eine ganze Weile, ehe sie sich vollständig beruhigen konnte. Dem Vati erzählte sie in ihren Briefen nichts davon.

Im Sommer 1944 hatten wir eine sehr reichliche Ernte von allen Früchten. Wir mussten noch Gläser kaufen, um alles einzuwecken, damit nichts umkommt. Am schwersten war, das Obst und Gemüse nach Hause zu tragen. Da allgemein ein gutes Erntejahr war, fuhren wir auch noch zu einer Bekannten nach Niesky um mit ihr in die Blaubeeren zu gehen. Der Ertrag war reichlich, nicht nur, dass wir ein paar Tage zu essen hatten, und somit mal etwas anderes auf den Tisch kam, sondern wir konnten auch noch ein paar Flaschen mit Heidelbeeren voll füllen.

Als wir nach drei Tagen wieder nach Hause kamen, war der Briefkasten leider immer noch leer. Mutti machte sich große Sorgen. Sonntags gingen wir regelmäßig in die kirchliche Gemeinde, es war eine apostolische Gemeinde. Mutti erhoffte sich davon Kraft zu schöpfen, aber zu ihrem Leidwesen erfuhr sie nur, dass viele andere Männer von Gemeindemitgliedern auch nicht schrieben, vermisst oder gar gefallen waren. Das war auch kein Trost für sie. Zu Hause schimpfte sie oft über den Krieg, aber sie wusste, in der Öffentlichkeit war es gefährlich.

Die großen Ferien verbrachten wir meist sehr lange im Garten. Mir gefiel es immer wieder gut dort, nur auf die Kinderschaukel durfte ich nicht, damit mir nichts passiert, denn ein Jahr zuvor hatte ein kleiner Junge die Schaukel in den Bauch bekommen und musste ins Krankenhaus gebracht werden. Sonst hatte ich es gut, nur irgend welche Spiele mit den anderen Kindern im Garten oder Roller oder sogar Rad fahren durfte ich nicht, es könnte ja zu einem Unfall kommen.

Fast am Ende der Sommerferien blieben wir bis zur Dunkelheit im Garten. Wir hatten die Sommeräpfel schon zum Apfelmus machen vorbereitet. Deshalb ließen wir den Abfall gleich im Garten und brauchten ihn nicht nach Hause zu tragen. Auf dem Heimweg, kurz vor der »WUMAG« hörten wir eigenartige Geräusche, wir blieben stehen und konnten sehen, dass viele Menschen in die Fabrik getrieben wurden. Mutti zog mich hinter einen dicken Baum, damit man mich nicht sehen konnte und sie versteckte sich auch.

Diese Menschenmassen klapperten leise mit ihren Holzpantinen, sie waren alle kahl geschoren und verströmtem einen eigenartigen Geruch. Sie wurden von bewaffneten Soldaten zur Eile angetrieben. Mutti und ich, wir blieben bestimmt noch zehn Minuten hinter den Bäumen, ehe wir uns vortrauten, um den Heimweg fortzusetzen. Mutti war sich sicher, dass wir als Zuschauer dieser Massenbewegung großen Ärger bekommen hätten.

Als ich dann wieder zur Schule ging, begegneten mir im Spätherbst Menschen, die sehr traurig waren und auf Gott und die Welt schimpften. Ich war vorsichtig, denn Mutti sollte sich nicht wieder über mich ärgern. Als ich sie aber zu Hause nach den Vorkommnissen fragte, seufzte sie und meinte, dass es sicher Flüchtlinge aus dem Osten sind oder Ausgebombte. In Görlitz war bis zu diesem Zeitpunkt noch keine einzige Bombe gefallen, aber der Krieg war ja noch nicht zu Ende.

Vom Vati war immer noch keine Nachricht angekommen. Das Weihnachtsfest war eher traurig anstatt fröhlich, aber ich versuchte Mutti zu trösten, dass sie bestimmt bald Post bekommen würde. Und wieder sollte ich Recht behalten. Freudestrahlend holte ich drei Tage später einen Brief von Vati aus dem Briefkasten. Jetzt traute sich Mutti gar nicht, den Brief zu öffnen, da sie dachte, dass etwas Schlimmes drin steht. Pflegevater teilte aber nur kurz mit, dass er wieder verwundet worden ist und im Lazarett in Prag liegt. Wir sollten ihn aber auf keinen Fall besuchen kommen, da das Lazarett aufgelöst wird und alle Verwundeten verlegt werden. Wohin, das wusste noch keiner.

Es war keine gute Nachricht, aber wir waren gewiss, dass Vati noch am Leben war. Jetzt gingen wir mehr denn je in die Kirche, der Pfarrer tröstete alle Frauen, deren Männer im Krieg waren. Mutti wurde immer trauriger, auch sie bekam mit, wie sich der Flüchtlingsstrom durch unsere Stadt zog. Wir kauften Brot, nahmen einige Einweckgläser mit Obst und verteilten alles an die Flüchtlinge, die es dankbar annahmen. Wir hatten ja keine Ahnung, dass wir es später selbst gut gebrauchen konnten.

Bei uns im Haus wohnte eine einzelne Frau. Mutti ging ihr so gut wie möglich aus dem Weg. Sie war Luftschutzwart, ihr entging nichts, sie passte sehr auf alles auf.

So Mitte Januar 1945 kam wieder Post vom Pflegevater, er schrieb: »Wenn ihr mich besuchen wollt, ich liege jetzt in Görlitz im Lyzeum.« Noch am gleichen Tag gingen wir natürlich hin. Wir ließen uns beide nichts anmerken, als wir Vati sahen, hätten wir ihn fast nicht erkannt, so schmal und wehleidig sah er aus. Doch er freute sich sehr, dass wir gleich gekommen sind. Von nun an gingen wir jeden Tag zu Besuch. Ich machte mich aber auch nützlich. Ich kaufte für die Verwundeten ein. Postkarten, Briefmarken, Kuchen, aber vor allen Dingen Getränke. Die Schwestern freuten sich immer, wenn wir kamen. Ich half auch im Wäscheraum Wäsche zusammenzulegen, aber am meisten wickelte ich gewaschene Binden auf, denn es gab nicht mehr so viel steriles Verbandsmaterial.

So Ende Januar kommen wir vom Lazarett nach Hause, da sitzt im Haus auf den Stufen eine Frau. Ich hatte sie nicht gleich erkannt, aber Mutti rief gleich: »Aber Marthel, was machst du denn hier, du siehst ja schrecklich aus!« Da sah ich, dass es Frau Wolle aus Breslau war. Sie stand auf, weinte gleich wieder und fiel uns um den Hals. In der Wohnung erzählte sie uns, dass sie ihren Mann und Balduin auf der Flucht bei einem Bombenangriff verloren hat. In Görlitz war sie bei einer Familie untergekommen, sie bewohnte ein sehr kleines Zimmer und die Wirtsleute waren nicht sehr nett zu ihr. Wir brachten Frau Wolle zu ihrer Bleibe und vereinbarten, dass wir sie täglich abholen würden.

Mutti war sehr geschockt, denn nun wussten wir, dass die Front immer näher kam. Am nächsten Tag nahmen wir Tante Marthel mit ins Lazarett. Als sie dort nun erzählte, was alles auf der Flucht passiert war, entstand eine große Unruhe im Krankenzimmer. Es dauerte auch gar nicht lange, da wurden wir vom Oberarzt gebeten das Zimmer zu verlassen, da Tante Marthel Dinge erzählen würde, die gar nicht stimmten. Das wäre Wehrkraftzersetzung. Bedrückt gingen wir nach Hause.

Am nächsten Tag, bekam meine Mutti einen Schock, denn das Zimmer mit den Verwundeten war leer. Erst nahm sie an, wegen des Vorfalls am Vortag, aber eine Schwester beruhigte sie und meinte, dass die Verwundeten alle verlegt worden sind, da die Front immer näher kommt. Allerdings wusste sie auch nicht, wohin die Verlegung stattgefunden hat. Mutti kaufte ein großes Mohnbrötchen und Butter ein und wir gingen zu Tante Marthel. Mutti bekam auf Grund ihrer Krankheit zusätzliche Lebensmittelmarken. Sie hatte Basedow.

Bei Tante Marthel wollten wir gemeinsam essen. Die Wirtsleute wunderten sich, dass ihr Flüchtling Besuch bekommt und meinten, dass sie heute noch nicht gesehen worden ist. Mutti klopfte an die Tür und da keine Antwort kam, machte sie die Tür auf. Sofort riss sie mich herum, ich sollte das nicht sehen. Aber ich hatte es mitbekommen, dass Tante Marthel an der Lampe hing. Begreifen konnte ich das alles nicht.

Mutti erledigte alle Formalitäten für eine Erdbestattung. Mutti und ich wir standen an ihrem offenem Grab, sonst war niemand da. Später erzählte Mutti, dass Tante Marthel unheimliche Angst vor dem Hungern hatte, da sie es nach dem ersten Weltkrieg schon einmal erlebt hatte. Schon bei Ausbruch des zweiten Weltkrieges hat sie gesagt: »Wenn wir wieder so hungern müssen wie nach dem ersten, hänge ich mich auf.« Und sie hat es wahr gemacht. Ein schreckliches Schicksal!

Und sie war so eine gute Frau! Als wir vom Friedhof nach Hause kamen, erwartete uns der Luftschutzwart mit der Nachricht, dass wir innerhalb von drei Tagen die Flucht vorbereiten müssten! Der Treffpunkt des gemeinsamen

Trecks ist außerhalb der Stadt. Wer von den Einwohnern nicht Folge leistet, erhält keine Lebensmittelkarten mehr Das war der nächste Schock. Aber bleiben konnten wir auch nicht, denn wir hatten keine Lebensmittel mehr, die es auf Karten gab und außerdem hatten alle viel zu viel Angst vor den Russen. Also waren alle Leute unserer Strasse am dritten Tag bereit.

Mutti zog einen Handwagen und ich schob einen Kinderwagen. Wir waren noch keine Viertelstunde am Treffpunkt angelangt, da hörten wir in der Luft furchtbare Geräusche und die Leute schrieen: »Tiefflieger, Tiefflieger!« Da hörten wir auch schon das Geknatter der Maschinengewehre. Mich hat es natürlich gleich erwischt, Mutti schrie entsetzt. Obwohl wir uns alle sofort auf die Erde geworfen hatten, hatte ich am Bein und am Gesäß Splitter abbekommen. Im Sanitätszelt wurde ich notdürftig verbunden und ich durfte ein paar Kilometer auf einem Wagen mitfahren der sich dem Treck angeschlossen hatte. Doch Mutti hatte es dadurch sehr schwer. Vorn schob sie den Kinderwagen, den ich eigentlich schieben sollte und hinten zog sie den Handwagen. Das konnte ich natürlich nicht lange mit ansehen, ich stieg vom Wagen und übernahm humpelnd wieder den Kinderwagen.

Ich weiß nicht, wie viele Kilometer wir täglich gelaufen sind, jedenfalls wurde die Last, die wir ziehen oder schieben mussten, immer schwerer. Mein Bein schmerzte auch, zum Glück hatte Mutti auch ein wenig Verbandszeug mit und konnte meine Wunde neu verbinden. Wenn wir durch die Dörfer zogen, sahen wir böse Gesichter. Von wegen Herrn Goebbels Ausspruch, dass alle Deutschen eine verschworene Volksgemeinschaft sind. Wir haben nichts davon gemerkt! Nicht einmal sauberes Wasser durften wir uns holen. Wir mussten aus schmutzigen Bächen trinken und wurden nicht nur einmal als Zigeuner beschimpft.

Und dann ging auch noch der Handwagen von Mutti kaputt und mein Bein fing an zu eitern. Wir wollten in einem Dorf bleiben. Aber keiner wollte uns aufnehmen. Erst durch die Hilfe des Bürgermeisters wurden wir bei einer Familie einquartiert. Das war so cirka sieben Kilometer von Dresden entfernt. In der Nacht kam dann der große Bombenangriff auf Dresden, viele Flüchtlinge von unserem Treck wurden Opfer der Bomben. Mutti dankte Gott, dass unser Handwagen entzwei gegangen war.

Freundlichkeit hatten wir von unseren Wirtsleuten nicht erfahren und so entschlossen wir uns, wieder zurück nach Görlitz zu trampen. Mutti erkundigte sich nach Bahnverbindungen und schrieb alles auf. Sie sortierte die Papiere und Sachen. Für mich legte sie drei Kleider hin. Das Meiste musste aber zurück gelassen werden. Es sollte niemand merken.

In der Nacht flüchteten wir dann in die entgegengesetzte Richtung zum Bahnhof und wir waren erstaunt, dass wir nicht die Einzigen waren, die zurück wollten. Wir mussten dann auch noch einige Kilometer laufen, aber da wir nur wenig Gepäck hatten, war es nicht so beschwerlich.

In Görlitz angekommen, gingen wir zuerst zu dem Arzt, bei dem Mutti immer die Wäsche nähte. Er musste dableiben, da Ärzte gebraucht wurden. Zuerst verband er mein Bein und gab mir Salbe, dann durften wir essen und trinken so viel wir wollten. Erst in der Nacht schlichen wir uns in unsere Wohnung. Aber wir konnten uns noch so leise wie möglich bewegen, der Luftschutzwart hatte Ohren wie ein Luchs. Schon am nächsten Tag donnerte sie an unsere Wohnungstür und forderte uns auf, erneut zu fliehen, da wir sonst abgeholt würden. Mutti war ganz entsetzt.

Wir gingen, dieses Mal nicht nach West sondern nach Ost. Alle waren noch nicht weg von zu Hause. Der Pflegevater hatte viele gute Freunde in der Gegend von Hirschberg. Dort war seine Heimat, ehe er nach Görlitz zog. Gepäck hatten wir dieses Mal sehr wenig, einen Rucksack und eine Tasche. Nur nach Osten zu laufen, war gar nicht so einfach, viele hatten den gleichen Gedanken und wollten wieder nach Hause. Außerdem kam uns die Wehrmacht mit Lastwagen und Autos entgegen, wir mussten immer zur Seite springen, um die in Panik geratenen Soldaten vorbei zu lassen.

Die Landstrasse zog sich in die Länge. Man riet uns umzukehren, aber alle, die einmal nach Westen geflohen sind, wollten nicht mehr dahin. Da wir inmitten der Wehrmacht waren, hatten wir auch unter furchtbaren Bombenangriffen zu leiden Die Bomber wollten den Flüchtlingen und den flüchtenden Soldaten noch so viel wie möglich Schaden zufügen. Die Schreie der Getroffenen habe ich heute noch in den Ohren.

Kurz, ehe uns die russische Armee überrollte, erlebten wir einen schrecklichen Bombenangriff. Die Bomben verfehlten selten ihr Ziel. Uns war es, als ob hunderte von Bomben abgeworfen wurden. Die Angstschreie der Getroffenen, der Krach der Bomben und die Feuersbrunst, das kann man nie im Leben vergessen. Menschen flogen durch den von den Bomben verursachten Luftdruck durch die Luft, auch ich wurde gegen einen Baum geschleudert und verlor die Besinnung.

Als ich wieder zu mir kam, hörte ich nur weinen und wimmern. Über mich beugte sich ein Gesicht, es war nicht Mutti, sondern ein russischer Soldat. Er gab mir zu trinken. Auch alle anderen Getroffenen bekamen zu trinken. Mutti war nirgends zu sehen. Ich irrte umher. Mir war schlecht und ich hatte starke Kopfschmerzen, und Hunger hatte ich auch. Später erinnerte ich mich, was Mutti vor dem Bombenangriff gesagt hatte: »Noch cirka drei Kilometer dann über eine große Brücke und noch einen Berg hinauf, dann wären wir am Ziel!«

An diese Beschreibung konnte ich mich trotz meiner heftigen Kopfschmerzen noch gut erinnern. Ich fürchtete, es an diesem Tag nicht mehr zu schaffen, denn es dämmerte bereits. Deshalb musste ich im Freien übernachten. Da es ziemlich frisch war, bin ich viel herum gelaufen, dabei entdeckte ich einen offenen Koffer. Mit den Sachen habe ich mich zugedeckt. Grimmer, so hieß die Familie, wo wir hin wollten, sie hatten einen großen Bauernhof. und so machte ich mich im Morgengrauen auf den Weg und lief dahin.

Ich hatte richtig vermutet, Mutti dachte, dass ich tot war und somit verschwand sie vor den heranrückenden Russen. Man hörte so viele furchtbare Dinge von ihnen. Umso größer war die Freude, dass ich noch am Leben war. Ich hatte schlimme Kopfschmerzen und der Rücken tat mir weh und auch das Bein. Aber nachdem ich fast zwei Tage geschlafen hatte, ging es mir viel besser. Auf dem Bauernhof verbrachten wir eine, was die Verköstigung anbetrifft, sorglose Zeit. Es gab alles in Hülle und Fülle, wir konnten uns richtig satt essen.

Wir halfen aber auch im Haushalt oder im Stall. Nur die Sorge um Vati und die Heimkehr blieb. Die russische Armee überrollte jetzt auch die etwas abgelegenen Dörfer und so kamen sie auch in das Gehöft, in dem wir zu Gast waren. Mutti und ich, wir versteckten uns den ganzen Tag im Rapsfeld. Am späten Abend, in der Annahme, dass niemand mehr da war von den Soldaten, machten wir uns auf den Heimweg.

Als wir jedoch in die Küche kamen, war eine lange Tafel aufgebaut, daran saßen viele ehemalige polnische Zwangsarbeiter und russische Soldaten. Als wir eintraten zog einer von ihnen Mutti auf den Schoß. Aber Mutti konnte sich wieder befreien, wir flohen in den Keller. Nach einigen Stunden wurde es ruhiger, so dass wir in unser Zimmer eilen konnten.

Um Mitternacht wurde es sehr laut in dem sonst so friedlichen Haus. Jede Tür wurde aufgerissen, jede Bettdecke weggezogen, wir hatten große Angst! Der russische Offizier war nicht mehr nüchtern, er suchte nach der Tochter des Hauses, etwas anderes wollte er nicht. Danach konnten wir natürlich nicht mehr schlafen. Die Eltern von der Tochter unserer Gastgeber waren sehr verzweifelt, doch am nächsten Morgen kam ihre Tochter wieder. Sie war verstört und wollte mit niemandem sprechen.

Danach wurde es ruhiger. Wir erlebten das Kriegsende noch in Schlesien. Ich hatte das erste Mal gesehen, dass Mutti Likör trank, doch auf das Kriegsende stieß jeder mit an. Sie dachten alle, dass die unruhigen Zeiten nun vorbei sind. Sehr viele Wunden hatte der Krieg gerissen. Aber es sollte für die Menschen in Schlesien, auch für unsere Wirtsleute, noch viel schlimmer kommen. Unsere Gastgeber hatten in Erfahrung gebracht, dass sie ausgewiesen werden oder als Polen in ihrer Heimat bleiben können, aber ihr Hab und Gut würde so oder so beschlagnahmt werden. Mutti bot ihnen an, dass sie bei uns in Görlitz wohnen könnten, bis sie etwas anderes gefunden hätten. Aber davon wollten sie nichts wissen.

Nach ein paar Tagen machten uns auf den Weg nach Hause nach Görlitz, da es auch hieß, dass die Grenzen geschlossen würden. Es war sehr heiß, als wir wieder zurück tippelten. Kurz vor der neuen polnischen Grenze sahen wir ein großes Feuer. Die Papiere wurden gründlichst überprüft, alles, was ein Nazisymbol hatte wurde ins Feuer geworfen, darunter auch die Urkunde von meinem richtigen Vater und mein Stammbaum, den Mutti in mühevoller Kleinarbeit besorgt hatte. Dieses Dokument brauchten meine neuen Eltern für meine Adoption. Die Polen waren sehr gehässig, wir hatten bald mehr Angst vor ihnen, wie vor den Russen.

Mutti musste all ihre Redekunst aufbringen, damit ihr Ausweis nicht auch ein Opfer der Flammen wurde. Der Grenzer, noch ein ziemlich junger Bursche nahm den Rucksack von Mutti und schüttete ihn aus. Dabei entdeckte er Briefmarken mit dem Kopf von Hitler darauf, die er wutentbrannt ins Feuer warf. Auch den anderen Inhalt des Rucksackes schleuderte er in die Flammen. Wenn man protestierte, wurde gleich die Waffe auf den Körper gerichtet.

Als wir weitergehen wollten, entdeckte der Pole, dass ich mehrere Kleider übereinander gezogen hatte, Mutti hatte sie alle selbst genäht. Er rief uns nochmals zurück und ich musste die Kleider ausziehen, das letzte durfte ich anbehalten. Als die ganze Prozedur beendet war, wurden wir weiter gewinkt und wir beeilten uns, dass wir aus der Schusslinie kamen. Wir waren froh, als wir weiter gehen durften. Viele Leute, vor allen Dingen Männer, bekamen auch noch Schläge.

Mutti konnte nur den Wohnungsschlussel und ihren Ausweis retten. Nun hatten wir wenigstens die Hoffnung, dass zu Hause alles in Ordnung war. Viele Flüchtlinge hatten ja gar nichts mehr, auch keine Bleibe. Erschöpft und enttäuscht über die derbe Behandlung an der Grenze, kamen wir nach einigen Tagen in Görlitz an. Zum Straßenbahn fahren hatten wir kein Geld, es wurde ja an der Grenze konfisziert und so mussten wir noch durch die ganze Stadt laufen. Die Brücke über die Neiße war gesprengt worden, sodass wir notdürftig über Brückenteile und hingelegte Bretter klettern mussten. Zu Hause angekommen, waren wir sehr erleichtert.

Die Wohnung und der Keller waren noch verschlossen. Es war nichts entwendet worden. Die ganze Straße war von Plünderungen verschont geblieben. Mit den Lebensmitteln, die Mutti noch im Küchenschrank und im Keller hatte, konnten wir uns einige Tage über Wasser halten. Aber dann ging das große Hungern los. Ein paar mal stellten wir uns immer abwechselnd nachts um zwei Uhr beim Bäcker an. Das Brot sollte um sieben fertig sein. Aber wir hatten kein Glück. Einmal, ich war gerade dran, kamen russische Soldaten und beschlagnahmten das ganze Brot. Ein anderes Mal hatte ich ein zerdrücktes Brot erwischt, wollte es freudestrahlend zu Mutti bringen, da entriss mir eine Frau das Stück Brot, meine so friedliche Mutti hätte sich fast mit dieser Frau geschlagen.

Ich stand da und war enttäuscht, dass ich das Brot nicht fester gehalten habe. Wir weinten alle beide, denn wir hatten großen Hunger. Danach gingen wir auf die Dörfer hamstern. Aber bei den vielen Leuten, die dorthin unterwegs waren, konnte man sich ausrechnen, wie viel wir bekommen würden. Am ersten Hamstertag trugen wir eine einzige, aber große Kartoffel nach Hause. Satt wurden wir davon natürlich nicht, aber wir hatten etwas im Magen. Einmal stellten wir uns bei einer Mühle nach Kleie an. Wir mussten sehr lange stehen. Wiederum hatten wir große Angst, dass wir wieder leer ausgingen. Die Müllerin kam aus dem Haus kippte ihre Kartoffelschalen auf den Komposthaufen. Einige Kinder und ich stürzten uns darauf und sammelten die Schalen auf. Zu Hause kochten wir uns eine Suppe davon.

Aber das war alles nur ein Tropfen auf den heißen Stein. Mutti und ich wurden immer dünner, obwohl ich immer den größeren Anteil bekam. Als wir das nächste mal auf Hamstertour gingen, nahm Mutti aus ihrem Wäscheschrank Handtücher mit zum Tauschen. Das brachte natürlich mehr Lebensmittel ein. Als wir mit dem Hamsterzug wieder nach Hause fahren wollten, war dieser dermaßen überfüllt, dass wir uns nur draußen an die Tür hängen konnten. Das war Mutti zu gefährlich, denn wie sollten wir unsere Hamsterware festhalten. Viele stierten schon darauf.

Sie zog mich vom Zug weg und erklärte mir, warum wir nicht mitfahren konnten. Wir entschlossen uns zu laufen. Ein Bauer erbarmte sich und nahm uns ein Stück des Weges mit. Wir taten ihm leid und er versprach uns, wenn wir das nächste Mal in das Dorf kommen, sollten wir bei ihm klopfen. Durch diese Begegnung fiel uns das Laufen leichter, aber wir mussten noch die ganze Nacht durchlaufen, ehe wir wieder zu Hause waren. Im Garten konnten wir auch nicht sehr viel ernten, denn alle hatten Hunger und so wurde viel gestohlen. Viele sprachen davon, dass das Stibitzen von Esswaren nicht strafbar wäre.

Bei dem Bauern, der uns ein Stück auf seinem Wagen mitgenommen hatte, waren wir auch einmal, aber es empfingen uns nur eine keifende Frau und ein wütend kläffender Hund. Wir besuchten viele Bekannte, aber alle hatten Kohldampf und konnten uns kaum etwas abgeben. Jedoch durch diese Besuche erfuhren wir, wo und wie wir etwas zu essen besorgen konnten.

Nun waren eigentlich große Ferien, aber wir hatten ja seit Kriegsende noch gar keinen Schulunterricht. Jetzt wussten wir, auf welchem Feld wir Wasserrüben ernten konnten, manche sagten auch Mairüben dazu. Wir probierten auch andere Rübenarten, aber am besten vertrugen wir die Wasserrüben. Von den anderen Rüben wie Futterrüben oder

Zuckerrüben bekamen wir tüchtige Leibschmerzen. Mutti rieb jeden Tag eine große Schüssel von den Rüben, die wir dann aßen, nur satt wurden wir nicht davon. Als dann auch noch das Salz alle wurde, kam überhaupt kein Geschmack mehr zustande.

Im Garten wurden die Früchte reif, erst die Renekl.oden, dann die Birnen und dann die Äpfel. Aber leider fiel die Ernte sehr gering aus, denn wir hätten im Garten übernachten müssen, um all die hungrigen Mäuler zu verjagen. Dazu hatten wir allerdings keine Gelegenheit und es war auch nicht ungefährlich in der Nacht. So pflückten wir die halbreifen Früchte, trugen sie nach Hause und legten sie einzeln auf Papier überall hin in der ganzen Wohnung. Von den Birnen und Äpfeln haben wir nur einzelne bekommen, denn die russischen Soldaten saßen auf den Bäumen und aßen die noch unreifen Früchte. Sie hatten auch Hunger!

Im September wurden die Schulen wieder geöffnet. Zu allererst wurden wir in einem Raum entlaust, das stank und brannte fürchterlich. Meine langen Haare wurden abgeschnitten, alle Schülerinnen bekamen einen Bubikopf. Dann mussten wir uns alle anstellen und den Mund aufmachen, jeder musste einen Löffel Lebertran schlucken. So richtigen Unterricht hatten wir aber noch nicht, denn die alten Lehrer gab es nicht mehr. Nach der Begrüßung kam ein neuer, ziemlich junger Lehrer in unsere Klasse. Wir erzählten unsere Erlebnisse, auch der Lehrer sprach über sich. Nebenbei versuchte er mit uns das Einmaleins durchzugehen und dabei merkte er, dass viele Schüler lange nicht in der Schule waren.

Es war ja auch kein Wunder bei den unruhigen Zeiten. Die Flüchtlingskinder von Pommern und Ostpreußen hatten keine Schuhe und kamen barfuss in die Schule. Meine Schuhe gingen zwar auch schon kaputt, aber waren natürlich besser als gar keine. Wir hatten die ersten Wochen auch nur täglich zwei Stunden Unterricht, Deutsch und Rechnen. Vom Pflegevater war immer noch kein Lebenszeichen gekommen. Mutti machte sich große Sorgen um ihn. Das Weihnachtsfest mussten wir wieder allein verbringen.

Im Dezember gab es Lebensmittelkarten. Zum Fest hatten wir das erste Mal zusammen ein ganzes Einpfundbrot bekommen, es sollte zehn Tage reichen, aber wir schafften es nur auf fünf Tage. Es war eine Köstlichkeit Ich kann heute noch nicht verstehen, wenn Brot weggeworfen wird, da muss ich immer an die Hungertage denken. Mutti bekam die Ruhr, der alte Arzt, bei dem sie manchmal gearbeitet hat, gab ihr von seiner Medikamentenreserve. Zu essen hatte er leider nur wenig für uns. Es dauerte über vier Wochen bis es etwas besser wurde.

Ich schwänzte die Schule und fuhr aufs Land hamstern. Übrigens war ich nicht die Einzige, die der Schule fern blieb. Mutti wusste davon nichts. Aber ich musste etwas Ordentliches für Mutti zu essen holen, denn die Rüben waren alle, außerdem konnten wir keine mehr davon essen, ohne dass es uns beim Anblick schlecht wurde. Dieses Mal hatte ich etwas Glück und brachte Kartoffeln, Eier und Milch nach Hause. Mutti hatte schon so eine Ahnung, da ich sonst von der Schule nicht so spät nach Hause kam. Sie freute sich natürlich. Außer den Kartoffeln konnte sie aber noch nichts essen. Sie schrieb mir auch eine Entschuldigung für die Schule für etliche Tage und so konnte ich wieder auf Hamstertour gehen.

Die Medizin, die Mutti von ihrem Arzt bekommen hatte, hat sie wieder auf die Beine gebracht, sie hatte Schlimmeres verhütet. Aber leider war sie noch sehr schwach und sie war unheimlich abgemagert. Ich bestand darauf, dass sie unsere so geringe Brotzuteilung einmal allein aß. Wenn ich hamstern fuhr, habe ich oft bei den Leuten mit essen können. Einmal kam ich zu einer Frau, die sechs Kinder hatte, sie saßen gerade am Tisch und sie aßen Mehlsuppe. Ich durfte mitessen. Die Kinder staunten, mit welchem Genuss ich die Suppe löffelte. Am liebsten hätte ich den Teller abgeleckt, was ich natürlich nicht tat.

Die Frau erzählte nun, dass die Kinder immer nicht essen wollten, wenn es Mehlsuppe gab. Sie fragte mich, warum ich allein zum Hamstern fahre. Als sie hörte, dass Mutti so krank war, gab sie mir etwas Mehl, Kartoffeln und Butter mit. Ich war sehr froh darüber und drückte die Frau zum Abschied. Sie gab mir noch den Rat, nicht mit leeren Händen zum Hamstern zu fahren. Wenn man etwas zu tauschen hatte, wurden die Bauern freigiebiger. Aber das wussten wir ja schon, wir hatten aber fast nichts mehr zum Tauschen.

Das nächste mal ging Mutti wieder mit, wir besuchten die Frau mit den sechs Kindern und Mutti schenkte ihr einen selbst gefertigten Hut, die Frau erzählte nun, dass ihre Kinder nicht mehr so viel rummäkelten, seit ich bei ihnen gegessen hatte. Auch dieses Mal konnten wir nicht mit dem Zug nach Hause fahren, aber zum Laufen war die Mutti zu schwach. Wir suchten uns einen Platz zum Übernachten, dann wollten wir früh mit dem Zug fahren. Es war ganz schön frisch in der Nacht, sodass wir ab und zu rumhopsen mussten.

Als wir so gegen zehn Uhr nach Hause kamen, empfing uns ein ungewohnter Geruch. Der Pflegevater war nach Hause gekommen, das war eine große Freude, aber wir kannten ihn kaum wieder. Abgemagert bis auf die Haut, die Augen lagen tief in den Augenhöhlen. Er war noch mal, nachdem wir uns das letzte Mal in Görlitz im Lazarett gesehen hatten, an die Front geschickt worden. Da wurde er noch zweimal verwundet. Einmal hatte er einen Durchschuss am Fuß und dann noch einen Lungendurchschuss, außerdem plagten ihn noch große Magenschmerzen. Aber die hatte er schon immer, auch bevor er eingezogen wurde.

Was mich sehr verwunderte, auch Mutti wunderte sich sehr darüber, dass Vati neuerdings rauchte. Vati war dem apostolischen Glauben aus Liebe zu Mutti beigetreten und in dieser kirchlichen Gemeinschaft war das Rauchen untersagt. Mutti machte ihm aber keine Vorhaltungen, denn sie war ja froh, ihn wieder zu sehen. Vati wollte nicht glauben, dass wir die ganze Nacht im Freien übernachtet hatten, und über die wenigen Esswaren freute er sich auch nicht. Ich hatte den Eindruck, dass er ein ganz anderer Mann geworden war.

Am nächsten Tag musste ich wieder zur Schule gehen, denn Vati wollte nicht, dass ich die Schule schwänzte. Allerdings waren von den 40 Kindern in unserer Klasse nur 15 gekommen, alle anderen waren »krank« oder hatten andere

Entschuldigungen. Ich wäre auch lieber zu Hause geblieben, denn in der Schule war es richtig langweilig. Nun bekam Vati auch eine Lebensmittelkarte, 800 Kalorien am Tag! Wie sollte man da einen kranken Mann aufpäppeln? Beim Fleischer schnitten sich die Verkäuferinnen lieber die Fingerspitzen ab, aber gaben nicht ein Gramm mehr, auch der Kundschaft nicht.

Mutti wurde immer trauriger, so entschloss ich mich, einfach ohne Entschuldigung nicht in die Schule, sondern wieder Hamstern zu gehen. Mutti wusste es, sie gab mir Seife zum Tauschen mit. Als ich wieder nach Hause kam, dieses mal hatte ich sogar etwas Fleisch bekommen, da hörte ich, als ich die Tür aufschloss, laute Stimmen. Meine Pflegeeltern zankten sich, so etwas hatte ich bisher nicht erlebt. Ich schlich mich in die Wohnung und ging in die Küche, um alles auszupacken. Man bemerkte mich, sofort kam der Pflegevater aus dem Zimmer gehumpelt und drohte mir mit seinem Stock. Aber Mutti stellte sich dazwischen, denn sie hatte, als sie mich aus dem Heim holte, mir versprochen, mich niemals zu schlagen und auch niemals mehr wieder in ein Heim zu stecken!

Pflegevater konnte auf Grund seiner Verletzungen noch nicht arbeiten. Denn in der ehemaligen »WUMAG« war keine normale Arbeit möglich. Sämtliche Maschinen, alles was nicht niet- und nagelfest war, wurde abgebaut und in die Sowjetunion transportiert, als Reparation. Diese Arbeit aber war für ihn noch zu schwer. Und begreifen konnte er, wie viele andere, die Demontage nicht.

Im Garten war noch nicht allzu viel zu tun und so hatte er Langeweile. Er versuchte mich zu erziehen, denn wie es

Mutti gemacht hatte, das gefiel ihm nicht. Obwohl ich mit Mutti gut ausgekommen bin. Nie hatte sie etwas an mir auszusetzen und ärgern musste sie sich nur einmal, damals, als ich mein Frühstücksbrot an einen Russen verschenkte. Das hatte sie dem Pflegevater gar nicht erzählt, denn sie wollte ihn nicht beunruhigen.

Und nun ging die Erzieherei los. Ich lief nicht gerade genug! Meine Haare waren nicht ordentlich gekämmt! Die Schuhe gefielen ihm nicht, sie sollten glänzen! Der Schulranzen wurde genau inspiziert und einige Mängel festgestellt. Die Hausaufgaben wurden akribisch kontrolliert. Aber am schlimmsten war meine Schrift. Doch das musste ich selbst zugeben, alle anderen Mängel waren für mich und Mutti Kleinigkeiten, aber ich wurde für all diese Sachen bestraft.

Zum Beispiel durfte ich nicht am Tisch essen, sondern musste allein in der Küche sitzen und warten, bis das übrige Essen wieder in die Küche zurückgestellt wurde, dann konnte ich essen. Hamstern durften wir nicht mehr gehen, sondern ich musste fleißig die Schule besuchen, obwohl wir immer noch keine richtigen Lehrer hatten. Und Bummeln gab es auch nicht, der Vater sah genau auf die Uhr, wenn ich von der Schule nach Hause kam.

Doch am schlimmsten war die Prozedur mit meiner Schrift. Zugegeben, ich hatte eine ungleichmäßige, schreckliche Klaue. Pflegevater war als Technischer Zeichner immer eine gute exakte Schrift gewöhnt. Ich musste Tag und Nacht üben. Vater zeichnete mir ins Heft schräge Striche, damit ich mich danach richten sollte. Mir taten schon die Finger weh, aber ich musste trotzdem weiter schreiben.

Als ich einmal mit Tintenfingern und Tintenklecksen auf dem Heft nach Hause kam, weil mir der reparierte Füllfederhalter wieder kaputt gegangen war, da bekam ich eine große Strafe. Ich durfte nicht mit zu einem Geburtstag und durfte auch nicht in der Wohnung bleiben. Ich musste auf der Straße warten, bis meine Eltern wieder nach Hause kamen. So lange es hell war, da ging es noch, ich konnte springen oder alles Mögliche zählen. Aber als es dunkel wurde war es schon eigenartig so einsam und verlassen zu sein und nicht in die Wohnung zu können. Ich fing an zu frieren und hockte mich in die Ecke eines Schaufensters, damit es nicht so zog. Für meine Begriffe sehr spät kamen meine Eltern wieder.

Mutti hatte geweint, das habe ich gleich gesehen. Ich hatte ja auch nicht verstanden, weshalb ich da ausgesperrt worden bin. Noch heute weiß ich nicht warum, ich hatte den Füllfederhalter doch nicht absichtlich kaputt gemacht.

Am nächsten Tag blieb ich zu Hause, denn ich hatte Fieber und Schüttelfrost. Mutti machte ihrem Mann Vorwürfe, aber ihn kümmerte es kaum. Er war ganz egoistisch geworden, das kannte ich überhaupt nicht an ihm. Neuerdings wurde er schnell zornig, wenn er mit Mutti Auseinandersetzungen hatte. Dann ging er zu einer Frau in den ersten Stock. Sie hatte drei Kinder und wohnte noch nicht lange in dem Haus.

Mutti war ganz verzweifelt, sie kannte ihren sonst so guten Mann nicht wieder. Lag es am Krieg, an seinen Verwundungen oder war gar ich die Ursache an dem ständigen Gezanke? Mutti wollte mit allen Mitteln ihre Ehe retten.

Wir waren alle beide sehr traurig, denn Mutti beschloss an meine Tante zu schreiben, damit ich bei ihr unterkäme. Mutti hatte auch bemerkt, dass der Vater mich in der Schlafstube in die Ecke drücken und mir unter den Rock greifen wollte. Ich wehrte mich natürlich, denn ich wusste gar nicht, was das bedeuten sollte. Als einmal Mutti dazu kam, hatte der Vater die Ausrede, dass er gucken wollte, ob meine Unterwäsche sauber sei.

Mutti war vielleicht geschockt. In ihrer Jugend hatte sie mit ihrer Schwester ein schreckliches Erlebnis. Diese wurde von einem Onkel vergewaltigt und bekam einen Sohn. Ihre Eltern mussten das Kind aufziehen, denn sie war nach der brutalen Vergewaltigung nicht mehr zurechnungsfähig. Dieses erzählte mir Mutti später einmal, als ich schon erwachsen war.

Nun beeilte sich Mutti so schnell wie möglich mich aus dem Haus zu geben. Dem Pflegevater erzählte sie nichts davon. Den Gedanken, dass ich wieder von Mutti getrennt werden sollte, ließ mich meine Grippe verschlimmern, aber Mutti meinte, dass sie ständig mit mir in Kontakt bliebe und so beruhigte ich mich etwas. Als die großen Ferien anfingen, war es dann soweit. Vater hatte sich für mich noch mehrere Strafen ausgedacht oder wie Mutti vermutete, er wurde von der Frau im 1.Stock in seinen Boshaftigkeiten unterstützt. Meine Schrift wurde aber deshalb nicht besser.

Im Juli 1946, in den großen Ferien, war es dann soweit. Mutti brachte mich früh an den Bahnhof. Der Pflegevater schlief noch, als wir aus dem Haus gingen. Ich hatte nur einen Pappkarton als Gepäck mit. Die Fahrt war ziemlich umständlich und sie dauerte fast zwei Tage, denn es fuhren ja zu dieser Zeit noch nicht viele Züge. Mutti hatte mir die Zugverbindungen genau aufgeschrieben. Ich musste über Dresden fahren und dort einige Stunden auf den Anschluss- zug warten. Mutti ermahnte mich noch, dass ich unbedingt im Wartesaal oder im Bahnhofsgebäude bleiben sollte. Sie wäre zu gern mitgefahren, aber zu Hause wartete der kranke Pflegevater auf sie. Sie winkte und weinte bis ich nicht mehr zu sehen war. Mir tat sie sehr leid. Aber was sollte ich machen?

Es überkam mich eine unendliche Einsamkeit. Denn ich hatte begriffen, dass der Pflegevater mich nicht mehr wollte. Ich war unendlich allein, das tat sehr weh. In Dresden an- gekommen, wurde bekannt gegeben, dass mein Anschluss- zug erst am nächsten Tag fährt und so musste ich noch eine Nacht im Wartesaal verbringen. Im Warteraum war es kalt, da das Gebäude noch kein neues Dach hatte. Dresden hatte 1945 unter den schlimmen Bombenangriffen sehr gelitten. Zum Glück regnete es nicht.

Ich folgte aber Muttis Rat und blieb im Bahnhofsgebäude, immer in der Nähe von anderen Reisenden, denn Mutti hatte Recht, es liefen etliche zwielichtige Gestalten herum, ein Mann forderte mich auf, mit ihm vor die Tür zu kom- men, doch eine mitreisende Familie nahm mich mit an den Tisch. Ich hatte furchtbare Angst. und war froh, als ich endlich in den Zug einsteigen konnte. Da war ich auch wieder in Gesellschaft. Ich musste dann noch auf kleineren Bahnhöfen umsteigen, ohne so lange zu warten.

Als ich in Ludwigslust ankam, hieß es, dass der Bus ka- putt sei und so musste ich noch zwölf Kilometer bis nach

Neu-Wickershagen laufen. Es war sehr heiß und die Sonne brannte. Ich hatte Hunger und noch mehr hatte ich Durst, es gab auf dem Bahnhof auch nichts zu kaufen und durch den langen Aufenthalt in Dresden hatte ich alles aufgebraucht. Auch mein Pappkarton wurde immer unhandlicher. Der Bus, der sonst diese Strecke fuhr, war seit zwei Tagen ausgefallen. Also musste ich in den sauren Apfel beißen und zu Fuß gehen, denn noch eine Nacht wollte ich nicht auf dem Bahnhof verbringen, zumal ja überhaupt nicht fest stand, ob am nächsten Tag der Bus wieder fuhr. Es konnte niemand eine genaue Auskunft geben. Ich dachte an Mutti, wie viele Kilometer wir im Krieg getippelt sind, und so werde ich sicher diese paar Kilometer auch noch schaffen.

Aber ich muss zugeben, dass es mir nicht so leicht fiel. Als es immer anstrengender wurde, fand ich einen kleinen Bach, an dem ich wenigstens meinen Durst stillen konnte, denn meine Zunge klebte schon am Gaumen. Nachdem ich mich an dem Bach etwas erfrischen konnte, da fiel mir das Laufen nicht mehr so schwer. So nach cirka vier Stunden las ich den Wegweiser nach Neu-Wickershagen. Einen Kilometer noch, dann hatte ich es geschafft. Doch dieser eine Kilometer fiel mir am schwersten. Endlich sah ich Häuser, ich fragte eine Frau nach der Adresse, die ich in der Hand hielt, aber anstatt mir eine Antwort zu geben, musterte sie mich von oben bis zu den Füßen, sah meinen Pappkarton und sagte: »Noch so eine Zigeunerin aus dem Osten.« und lief weiter.

Endlich las ich das Ortsschild und musste nur noch das Haus suchen, wo meine Verwandten eine Wohnung hatten. Ich ging ein paar Meter weiter, da spielten Kinder Völkerball.

Ich wurde beäugt, aber das Spiel lief weiter. Ein Mädchen fiel mir besonders auf, sie war am lautesten und bestimmte den Spielverlauf. War das vielleicht meine Cousine? Aber, da sie mich auch nicht zu erkennen schien, sagte auch ich nichts. Ich ging weiter und fragte mich durch, bis ich am Ziel war. Zu meinem Leidwesen war niemand zu Hause und so setzte ich mich auf die Stufen der Eingangstreppe und zog erst einmal meine Schuhe, die mich drückten, aus.

Es dauerte aber nicht sehr lange, da kam meine Tante mit meinem jüngsten Cousin Rudolf. Da meine Tante meiner Mama sehr ähnlich sah, fiel ich ihr zur Begrüßung um den Hals. Ich hatte das Gefühl, dass es der Tante gar nicht so recht war, sie so zu begrüßen, und Rudolf zog mich von seiner Mutti weg, er war wohl eifersüchtig. Tante Liesel sah fast so aus wie Mama, nur, dass sie kleiner war und die Augen heller. Sie war die jüngste Schwester von meiner Mutter, und Mama war die älteste von allen Geschwistern.

Tante Liesel hatte mich schon gestern erwartet. Sie wollte nicht glauben, dass ich von Ludwigslust bis hierher gelaufen bin. Sie gab mir Wasser zu trinken und eine Scheibe trockenes Brot zu essen, etwas anderes hatte sie nicht. Aber ich kannte das ja schon, Das Brot schmeckte mir wie ein Stück Kuchen. Rudolf hing am Rockzipfel seiner Mutter und wollte auch was zu essen. Da ich ihm etwas von meiner Scheibe Brot abgab, wurden wir Freunde. Die Tante suchte in meinem Karton nach etwas Essbaren, fand aber nichts.

Ich war erstaunt, als sich die Wohnung meiner Verwandten nur als ein Zimmer erwies. Zwei Betten, ein kleiner Spind und ein kleiner Tisch sowie ein kleiner Herd, das waren die ganzen Habseligkeiten dieser Wohnung. Keine Gardine am Fenster, kein einziger Stuhl. Ein einziger Topf zum Kochen. Das hat Mutti bestimmt nicht gewusst, sonst hätte sie mich nicht hierher fahren lassen. Damals war ich noch nicht erwachsen genug, aber heute, wenn ich so zurück denke, rechne ich es meiner Tante hoch an, dass sie mich trotz ihrer bitteren Armut bei sich aufgenommen hatte. Meine Verwandten stammten auch aus Breslau und mussten flüchten und zu Hause alles stehen und liegen lassen.

Als Ingeborg, meine Cousine, und Jürgen, mein Cousin, mich sahen, staunten sie, denn die Tante hatte ihnen nichts erzählt, vor allem nicht, dass ich in ihrer Familie bleiben werde. Zum Abendbrot gab es Suppe aus Melde, dieses Unkraut wächst überall auf dem Feld. Alle aßen ohne zu murren. Die erste Nacht habe ich gut geschlafen, weil ich die vorherigen Nächte nicht ruhen konnte. Nur irgendjemand zog mir immer wieder die Zudecke weg, sodass mir am Morgen ganz kalt war.

In der einzigen kleinen Waschschüssel wuschen wir uns nach und nach auf dem Hinterhof. Dort gab es auch eine Pumpe. Auf dem Hof befand sich auch die Toilette ohne Wasserspülung, gleich daneben war ein Misthaufen und unter der Toilette sah man die Gülle. Alles war nur mit Brettern verdeckt, bei Regenwetter war es gefährlich, da konnte man ausrutschen. Nach dem Waschen, es war oft auch nur eine »Katzenwäsche«, bekam jeder von uns eine Tasse Muckefuck zu trinken. Wir hatten zu zweit nur eine Tasse. Mehr gab es nicht, zu essen war nichts da. Tante machte keinen Unterschied, denn ich bekam dasselbe wie ihre Kinder.

Ich ging ins Dorf, um zu erkunden, wie groß es ist. Es waren genau 14 Gehöfte. Tante erzählte, dass es hier mehr Vertriebene gibt als Alteingesessene. Kein Wunder, dass sie so gehässig waren. Nicht ein einziger Bauer half uns. Bald jedoch wurde uns vom Bürgermeister aus Alt-Wickershagen (In Neu-Wickershagen gab es keinen Bürgermeister) eine etwas größere Wohnung in Aussicht gestellt. Vor allen Dingen konnte die Tante dann in einem anderen Raum kochen. Wir freuten uns schon alle auf den Umzug, denn es war belastend, dort wo wir alle schliefen, auch noch die Essensdüfte mit einzuatmen.

Da wir in unserem Ort nichts bekamen, gingen wir nach Picher, vier Kilometer von meinem jetzigen Zuhause entfernt, um etwas zu hamstern. Ein paar trockene Scheiben Brot brachte ich immer nach Hause. Nach Kummer gingen wir nicht so gern, denn es war weiter und die Bauern hatten mit den Flüchtlingen kein Erbarmen. Ingeborg hatte oft überhaupt kein Glück. Sie ging auch nicht gerne auf Hamstertour, dafür machte sie andere Sachen besser als ich.

Viele Stunden durchforschten wir die Wälder nach essbaren Pilzen, die wir entweder als Essen zubereitet bekamen oder die wir sauber machten und dann trockneten, denn für den Winter musste ja auch vorgesorgt werden. Wir sammelten auch Blaubeeren, Himbeeren und Preiselbeeren, die letzteren waren nicht so reichlich vorhanden. Aber wir sammelten alles. Da ich vom Hamstern auch noch einen alten Topf mitgebracht hatte, konnte die Tante Marmelade kochen.

Und jeden Tag holte die Tante trockenes Holz aus dem Wald, manchmal sogar zweimal. Wenn Ingeborg und ich unterwegs waren, mussten die Kleinen mit und Tannen-zapfen sammeln, die wurden für den Winter aufgehoben, denn der Herd in der anderen Wohnung war größer und brauchte auch mehr Holz. Kohlen sollten wir erst im Spätherbst für den Winter bekommen. Die Tante war sehr fleißig und allmählich mussten auch die Bauern zugeben, dass wir nicht nur faule Zigeuner sind, sondern normale fleißige Leute, und sie tauten langsam auf und gaben uns öfters etwas zu essen.

Tante Liesel und wir zwei großen Mädchen durften beim Dreschen mithelfen und damit etwas Mehl verdienen. Außerdem war es auch interessant, mit den Leuten zu arbeiten und mit ihnen ins Gespräch zu kommen. Als sie dann hörten, dass Tante Liesel mich trotz ihrer drei Kinder mit in die Familie aufgenommen hatte, wollten sie es erst gar nicht glauben. So viel Hochherzigkeit kannten sie selbst nicht. Das Eis war gebrochen! Sie gaben uns dann öfter die Möglichkeit, Naturalien zu verdienen oder wir bekamen einen Wink, wo wir Ähren lesen durften oder auch Kartoffeln stoppeln.

In diesem Jahr gab es auch sehr viele Kartoffelkäfer, wir Kinder hatten ja noch Ferien und so verdienten wir uns beim Kartoffelkäfersammeln etwas Geld, das kam aber dann in die Haushaltskasse. Geld für Extrawünsche war nicht vorhanden. Für einen großen Sack voll, so cirka zehn Pfund gab es drei Groschen. Dafür konnte die Tante schon etwas Viehsalz kaufen, um das Essen ein wenig schmackhafter zu machen. Das Salz hatte eine rote Farbe, aber uns war das egal, die Hauptsache, wir mussten nicht mit leeren, knurrendem Magen ins Bett gehen.

Im Sommer gab es in der Natur genügend Möglichkeiten, Essbares herbei zu schaffen, aber vor dem Winter graute uns.

Bald konnten wir umziehen. Unsere Wirtsleute atmeten auf, als sie uns loswurden. Die neue Wohnung war früher mal eine Schule gewesen. Wir hatten auf jeden Fall mehr Platz. Der einstige Lehrer hat wahrscheinlich mit in diesem Haus gewohnt, Der Lehrer muss sehr klein gewesen sein, denn es war sehr niedrig. Die Wohnung hatte eine große Küche, einen größeren Schlafraum und zwei kleine Räume. Wichtig war für die Tante die große Küche, da konnten wir uns alle bequem hinsetzen und essen.

Aus dem Wald hatten wir uns Holzklötzer mitgebracht, um darauf zu sitzen, denn am Anfang hatten wir nur zwei Stühle. Da wir sehr wenige Möbel besaßen, konnten wir die beiden kleinen Räume gar nicht als Wohnraum nutzen. Ein Raum blieb leer und der andere wurde erst einmal als Abstellkammer benutzt. Der Umzug ging ganz schnell von statten, denn das Haus lag nur einige Meter über die Straße von unserer alten Wohnung entfernt, und außerdem hatten wir nicht viel zu tragen, alle fassten mit an, sogar der Rudolf der Kleinste, er war knapp vier Jahre alt, trug einen Kochtopf.

Bei all diesen Tätigkeiten kam mir meine eigene Trostlosigkeit und Traurigkeit nur abends in den Sinn. Irgendwie merkte ich bald, dass ich nur das »fünfte Rad am Wagen« war. Aber es war allemal besser als im Heim. Wenn sich viele Wolken am Himmel bildeten, guckte ich schon sehr oft an den Himmel, ich erzählte aber niemandem, was ich da oben suchte.

Als Ingeborg und ich einmal vom Melde pflücken nach Hause kamen, saß ein fremder Mann in unserer Küche. Tante Liesel klärte uns auf, dass dieser Mann auch ein Flüchtling war, er kam aus Ostpreußen und da wir keine Möbel hatten, durfte er in das eine unbenutzte Zimmer einziehen. Am Anfang schlief er auf der Erde, das Einzige, was er von der Flucht gerettet hatte, war sein Federbett. Später zimmerte er sich aus Holzabfällen ein Bett. Auch für uns machte er notdürftige Sitzgelegenheiten, die auf jeden Fall besser waren als die vorhergehenden.

Am besten aber konnte er Geschichten erzählen, wahre oder ausgedachte, uns war es egal. Tante Liesel freute sich, dass er sich mit uns Kindern beschäftigte. Wir hörten Herrn König unheimlich gern sprechen, denn er hatte ein unwiederbringliches Talent, Stimmen zu imitieren. Aber am besten gefiel uns sein ostpreußischer Dialekt. Für ihn waren wir Mädchen nur die »Majelchen« und die Jungen hießen »Jungche«. Tante Liesel kochte für ihn mit, denn ihr war es gleich, ob sie für fünf oder für sechs hungrige Mäuler kochte.

Herr König war aber auch sehr umsichtig, er fuhr nach Schwerin und besorgte Fleisch oder andere Esswaren. Er ging Kartoffeln stoppeln und auch hamstern. Vor dem Essen half er auch bei der Vorbereitung. Er schälte Kartoffeln mit der linken Hand so dünn, dass man durch die Schale durchgucken konnte. Jedenfalls seit er da war, hatte die Tante mehr Möglichkeiten, Essen zuzubereiten. Er konnte unser Opa sein.

Abends erzählte er oft von seiner Heimatstadt Königsberg. Wir hörten zum ersten Mal, dass es in Russland 1918 eine

Revolution gegeben hatte und dabei viele Menschen umgekommen waren. Herr König hatte uns aus Pappe ein »Mensch ärgere dich nicht« Spiel gezeichnet und die Figuren schnitzte er aus Holz. Und das alles mit der linken Hand. Wir Kinder guckten ihm immer voller Begeisterung zu. Als er hörte, dass ich elternlos bin, streichelte er mir über den Kopf. Ich war so eine Liebkosung lange nicht mehr gewöhnt, denn ich bekam Gänsehaut und wurde ganz rot. Die Tante warf mir einen hässlichen Blick zu. Ich wusste aber nicht warum. Bis ich merkte, dass sie lieber diese Aufmerksamkeit ihren eigenen Kindern gegönnt hätte.

Ich setzte mich nicht mehr in die Nähe von Herrn König. Aber leider hatten wir Herrn König nicht lange. Er klagte immer über Schmerzen im Bauch und eines Nachts polterte er ziemlich lange in seinem Zimmer herum. Am morgen konnte Tante Liesel nur feststellen, dass er tot auf seinem Bett lag. Uns tat das alles sehr leid und wir waren auch ein bisschen traurig. Tante Liesel erledigte alle Wege und benachrichtigte auch Verwandte, die Adresse fand sie in seinen Papieren. Zur Beerdigung sind wir Kinder nicht mitgegangen, da es die Tante nicht wollte. Sie schimpfte sehr über die Verwandten, die zwar alle Habseligkeiten von Herrn König zusammen rafften, aber angeblich keine Zeit hatten, ihm die letzte Ehre zu erweisen.

Ich musste viel an den Verstorbenen denken, ob er wohl jetzt die Mama sehen kann? Die Tante zu fragen, das traute ich mich nicht, denn ich wollte nicht wieder ausgelacht werden. Tante Liesel war immer auf Achse und abends, wenn wir bereits im Bett lagen, putzte sie noch Pilze oder erledigte andere Sachen, zu denen sie am Tage nicht dazu kam.

Ich ging gern zur Schule, der Unterricht wurde in einem neuen Gebäude abgehalten. Zwei Räume standen zur Verfügung. Die erste bis vierte Klasse in einem Raum und die fünfte bis achte in dem zweiten. Auch bekamen wir einen Neulehrer namens Otto. Er machte einen flotten Eindruck, denn er führte Sachen ein, die es vorher nicht gab. Er organisierte ein kleines Sportfest oder Theateraufführungen, er führte als erstes die russische Sprache ein.

Obwohl ich durch meine Heimaufenthalte und die Flucht wenig oder gar keine Schule hatte, war ich doch noch besser als die Kinder im Dorf, nur Ingeborg konnte noch mithalten, auch sie hatte durch die Flucht wenig Unterricht gehabt. Das sprach sich im Dorf natürlich herum, dass die Flüchtlinge mehr wussten als die Einheimischen. Man wollte es erst gar nicht glauben, aber beim Erntefest musste ich ein Gedicht aufsagen, und damit es auch alle hörten, hob mich der Lehrer auf einen Stuhl im Festsaal und erzwang somit die Aufmerksamkeit der Gäste. Ich bekam großen Beifall.

Aber der Tante gefiel es gar nicht, denn sie wollte nicht, dass ich besser war wie ihre Kinder. Bei dem ersten Sportfest stellte der Lehrer die Schüler in der Reihenfolge auf, wie wir im Unterricht eingeschätzt wurden. Nach jeder Disziplin mussten wir dann die Plätze tauschen. Erst war ich als Erste eingereiht worden, aber zum Schluss stand ich auf dem letzten Platz. Die Tante freute sich darüber, dass ich nicht überall die Beste war, sondern ihre Kinder jetzt vor mir standen.

Sie hatte mit uns viel zu tun, dabei hatte sie natürlich für Streicheleinheiten oder gar Liebkosungen wenig Zeit. Am meisten schmuste sie mit ihrem Rudi, dem Kleinsten, aber auch die anderen beiden Kinder wurden ab und zu mal gelobt. Für mich war da nichts mehr übrig. Ich bin ja durch Krasno ziemlich abgebrüht worden, aber es tat doch weh.

Eines Tages mussten wir ein Lied üben: »So nimm denn meine Hände«, um bei einer Beerdigung zu singen. Die Mutter einer Mitschülerin war gestorben. Mir tat es sehr leid, denn gerade diese war meine beste Freundin geworden. Sie hieß Silvia. Zur Beerdigung mussten wir nach Picher laufen, weil es in unserem Dorf weder Kirche noch Friedhof gab. In die Kirche sind wir nicht hinein gegangen, denn die Angehörigen wollten das nicht. Als wir dann am offenen Grab unser Lied sangen, sah ich Silvia weinen und so konnte auch ich mich nicht mehr zurückhalten und weinte so sehr, dass ich nicht weiter mitsingen konnte.

Die Bilder von Mamas Beerdigung liefen an mir vorüber, so, als wenn es gestern war. Als die Trauergemeinde sich zurückzog, lief ich noch auf dem Friedhof umher und entdeckte das Grab von Herrn König. Tante hatte ein Holzkreuz anfertigen lassen und auf das Grab gestellt. Ich merkte, dass ich jetzt ganz allein war und so konnte ich meinen Tränen freien Lauf lassen. Ich setzte mich an das Grab und sprach ganz leise mit dem Herrn König. Ich weiß nicht, wie lange ich dort gesessen hatte, jedenfalls als ich wieder nach Hause lief, es waren von Picher aus vier Kilometer, empfing mich die Tante wutentbrannt.

Es hätte nicht viel gefehlt, sie hätte mich geschlagen, denn sie war der Meinung, dass ich nur bei der Beerdigung geweint hätte, weil es mir bei ihr so schlecht ginge. Ich wich den Schlägen aus und sagte: »Aber Tante Liesel, ich habe doch nur so geweint, weil mich das alles an Mamas Beerdigung erinnert hat. Und außerdem war ich am Grab von Herrn König, ich habe es gefunden, weil ein Holzkreuz mit seinem Namen auf der Grabstelle steckte.« Nach diesen Worten beruhigte sich die Tante wieder, sie gab mir am Abend eine trockene Scheibe Brot mehr zu essen.

Seit diesem Vorfall waren viele Leute im Dorf sehr freundlich zu mir. Eine Familie fragte mich, ob ich Zeit und Lust hätte ihr Kind dreimal in der Woche zwei Stunden auszufahren. Ich fragte die Tante und sie gab ihre Zustimmung dazu, obwohl ich merkte, dass sie es lieber gehabt hätte, dass Ingeborg diese Aufgabe übernommen hätte. Ich bekam dafür am Ende der Woche zehn Mark, die ich dann der Tante überreichte.

Jetzt traute ich mich auch zu fragen, ob ich ein paar Briefmarken kaufen durfte, denn ich hatte, so lange ich hier bin, der Mutti sehr wenig geschrieben. Nach Picher mussten wir öfter laufen, es waren vier Kilometer hin und vier zurück. Da wir im achten Schuljahr lernten, hatten wir, Ingeborg und ich, bald Konfirmation und mussten zur Vorbereitung in die Konfirmandenstunde dorthin. Ich verband das immer gleich mit einer Hamstertour.

Und das nächste Mal konnte ich auf die Post gehen, denn die Tante gab mir Geld für fünf Briefmarken. In dem Konfirmandenunterricht lernten wir die zehn Gebote. Unter anderem: »Du sollst nicht stehlen«. da meldete sich ein Junge aus einem anderen Dorf und sagte, dass es gar nicht so einfach wäre dieses Gebot zu halten, wenn man immer

Hunger hat. Der Pfarrer gab dem Jungen Recht, da er selbst Ausgebombter war, noch wusste er aber nicht, dass dieser Junge vorher seine Schnitten gestiebitzt und aufgegessen hatte. Und als ich von der Post kam, da saß der Pfarrer im fremden Kirschbaum und klaute Kirschen. Ich dachte bei mir, wozu die ganze Heuchelei mit den zehn Geboten?

Als ich wieder bei einer Bäuerin vorsprach wegen Brot und Kartoffeln, da fragte sie mich, ob ich auch Sauerkirschen möchte? Ich bejahte und machte mit ihr am nächsten Tag einen Termin aus, denn ich musste sie selbst pflücken. Am nächsten Tag gab mir Tante einen Eimer mit und sie wollte, dass ich Rudolf mitnehme, aber ich weigerte mich, denn wenn ich im Baum saß, konnte ich nicht auf ihn aufpassen. Ich versprach ihr, wenn ich wieder hamstern gehe, da nehme ich ihn mit.

In Picher angekommen, machte ich mich sofort an die Arbeit, dabei kamen mir meine einstigen Kletterkünste zugute, denn ich pflückte die Früchte von ganz oben ab. Als die Bäuerin sah, wie schnell das Pflücken bei mir ging, fragte sie mich, ob ich auch für sie einen Eimer voll pflücken würde. Selbstverständlich pflückte ich weiter und merkte gar nicht, dass es schon sehr spät wurde. Nachdem ich drei Eimer voll abgenommen hatte, freute sich die Bäuerin so sehr, dass sie mir einen großen Korb voll Esswaren zusammengestellt hatte und einen Eimer Kirschen gab.

Jetzt war aber die Frage, wie bringe ich das alles nach Hause? Die Bäuerin gab mir eine Schubkarre und sie meinte, dass ich wieder kommen kann und die Karre brauchte sie ja auch. Ich glaubte, dass ich die Karre bis nach Hause schieben kann, das war besser als tragen. Aber vier Kilometer sind lang und die Karre wurde immer schwerer. Es begann schon dunkel zu werden. Völlig durchschwitzt und fertig kam ich dann zu Hause an. Erst wollte die Tante schimpfen, aber als sie all die schönen Esswaren sah, freute sie sich doch. Sie sagte nur, dass ich das nächste Mal nicht so spät nach Hause kommen sollte.

Als sie von mir hörte, dass ich drei Eimer Kirschen gepflückt hatte und dann die schwere Schubkarre nach Hause schieben musste und dass ich es fast nicht bis nach Hause geschafft hätte, da schimpfte sie nicht mehr mit mir. Die Tante packte den Esskorb aus, Ingeborg, Jürgen und Rudolf bekamen große Augen, sogar Wurst und ein kleiner Schinken waren darin. Tante machte für jeden noch mal eine Schnitte mit Wurst. Es war wie ein Festessen. Dann konnten alle besser schlafen, denn sie hatten etwas Ordentliches im Magen. Tante wollte erst nur für die Kinder ein zweites Abendbrot bereiten, aber wir bestanden darauf, dass sie auch eine Schnitte aß.

Es war das erste und einzige Mal, dass sie mich lobte. Aber eine Streicheleinheit bekam ich nicht.

Als ich nach drei Tagen die Karre wieder zu der Bäuerin zurück brachte, bedankte ich mich noch einmal für alles und erzählte ihr, dass es doch ganz schön schwer gewesen war, all die guten Dinge nach Hause zu fahren und dass sich alle sehr gefreut hatten und es am Abend noch eine extra Schnitte gab. Die Bäuerin fragte mich, was ich in den großen Ferien machen würde? Ich sagte zu ihr: »Pilze und Beeren suchen, Ähren lesen Holz sammeln und noch mehrere Dinge, die zum Lebensunterhalt notwendig sind. «

Zu meinem Erstaunen lud mich die Bäuerin 14 Tage zu sich ein, das heißt, wenn ich möchte. Und ob ich wollte! Nur musste ich erst die Tante um Erlaubnis fragen. Wir vereinbarten, dass ich nach dem nächsten Konfirmandenunterricht Bescheid sagen würde. Sie gab mir wieder Esswaren mit, nicht so viel wie das erste Mal, aber ich freute mich riesig darüber. Auch gab sie mir zwei große, leere Einweckgläser mit Gummi mit, denn die Bäuerin hatte interessiert, was die Tante mit den Kirschen macht, für sie war es selbstverständlich, den größten Teil einzuwecken.

Als sie aber hörte, wie es um unseren Hausstand beschaffen war, konnte sie es gar nicht glauben. Sie versprach etliches zusammen zu stellen und das nächste Mal sollte noch jemand zum Tragen mitkommen. Als ich wieder zu Hause war, erzählte ich alles, und ich merkte sofort, dass es der Tante nicht recht war mit der Einladung auf dem Bauernhof. Aber nein sagte sie auch nicht. Eine Woche später ging Ingeborg mit, das war auch gut, denn die Karre war dieses Mal noch schwerer als das erste Mal. Allerdings waren nicht so viel Esswaren eingepackt, sondern sehr viel Küchengeräte, und es war gut, dass wir uns beim Schieben abwechseln konnten. Als ich der Bäuerin Bescheid sagte, dass ich in den großen Ferien zu ihnen kommen darf, da sagte Ingeborg: »Na ein Glück, da haben wir einen Esser weniger!«

Tante Liesel freute sich sehr über die mitgebrachten Sachen für die Küche. Jedes Kind hatte jetzt seinen eigenen Teller. Als die großen Ferien heranrückten, bekamen wir noch Aufgaben für das Erntedankfest. Es wurde ein Chor zusammengestellt und ich musste wieder ein Gedicht lernen. Aber das tat ich sehr gern. In der Schule hatte ich keine

Probleme, nur als wir die Zeugnisse nach Hause brachten, wurde nur Ingeborg gelobt. Bei meinen Zensuren wurde nur erwähnt, dass ich eine drei in Musik habe, und da ich doch in Görlitz auf die Musikschule gegangen war, sei das sehr schlecht. Alle anderen Zensuren waren besser als von Ingeborg, es wurde aber ignoriert.

Gern ging ich den Weg nach Picher zu dieser so netten Bäuerin. Es waren wunderbare Tage, die ich dort erleben durfte. Nicht nur, dass es reichliches gutes Essen gab, ich durfte alles mitmachen. Die Bäuerin machte alles selbst, Butter und Käse, Brot backen usw. Der Bauer muss ungefähr zwanzig Jahre älter als sie gewesen sein. Sie besprachen alles in Ruhe, es gab keinen Streit. Er sprach sehr wenig, auch mit mir, aber seine Gesten zeigten, dass er mit meiner Anwesenheit einverstanden war. Oft schob er beim Essen seinen Nachtisch zu mir rüber, da er sah, dass es mir schmeckte. In den zwei Wochen habe ich ein Kilo zugenommen.

Als sie hörten, dass ich schon in der achten Klasse bin, waren sie sehr erstaunt darüber, denn ich war sehr klein und wog gerade mal 36 Kilo. In der zweiten Woche nahm mich der Bauer mit dem Pferdewagen mit in den Garten, der etwas außerhalb lag, mit. Ich durfte sogar die Pferde kutschieren. Im Garten gab es viele Johannisbeersträucher, die Beeren leuchteten in der Sonne. Als ich zu pflücken begann, sagte der Bauer, dass er mich in ungefähr drei Stunden wieder abholen würde. Ich pflückte emsig weiter und hatte bald alle Behältnisse voll mit Beeren.

Ich suchte in dem kleinen Geräteschuppen nach leeren Körben und fand auch zwei. Gerade als ich aus dem Schuppen wieder rausgehen wollte, wurde ich an den Ohren gezogen und beschimpft: »Zigeuner, Bettlerin, Diebin« schrie der Mann, den ich flüchtig kannte. Bei einer Hamstertour hatte ich auch bei ihm vorgesprochen, aber er hatte nichts für mich übrig, im Gegenteil, er hetzte auch noch seinen Hund auf mich. Ich hielt ganz verzweifelt meine Körbe fest, die er mir wegnehmen wollte. Er schubste mich aus dem Garten raus, als ich eine mir vertraute Stimme hörte: «Was tun sie da, lassen sie das Kind in Ruh!«

Es war die Bäuerin, sie kam mit dem Fahrrad und wollte mir Beeren pflücken helfen. Der Gartennachbar maulte darüber, dass er kein Recht bekam und die Zigeunerin loslassen musste. Ich war so erschrocken, dass ich zu weinen anfing. Die Bäuerin umarmte mich. Der Gartennachbar konnte gar nicht begreifen, dass sie sich mit solch einem Pack einließ. Wir ließen ihn schimpfen und pflückten auch noch die übrigen Körbe voll und warteten auf den Bauern, der uns abholen wollte. Als der Mann der Bäuerin kam, erzählte sie ihm von dem Geschehenen.

Zu meinem Erstaunen konnte der Bauer ununterbrochen reden. Beide Bauern beschimpften sich gegenseitig. Ich konnte nicht alles verstehen, denn sie sprachen Plattdeutsch. Auch die Bäuerin sprach noch dazwischen und nahm mich in Schutz.

Bei ihr zu Hause verarbeiteten wir die Beeren noch, es dauerte bis in die Nacht hinein. Ein paar wurden zum Trocknen aufgehoben und den Rest verarbeitete sie zu Marmelade und Gelee. Ich war noch viel zu aufgeregt, als das ich hätte schlafen können. Die zwei Wochen gingen viel zu

schnell rum und auch der Bäuerin schien meine Anwesenheit gefallen zu haben, denn sie lud mich nochmals für 14
Tage ein, aber leider durfte ich so lange nicht wieder hin.
Ich weiß bis heute noch nicht warum. Auch die Bauersleute
konnten es nicht begreifen.

So konnte ich nur hin, wenn ich in Picher zu tun hatte.
Dann bekam ich immer reichlich zu essen, jedoch ganz
wenig mit nach Hause. Tante Liesel bildete sich ein, genau
wie bei der Beerdigung, dass ich zeigen will, wie schlecht
es mir bei ihr geht. Ich habe aber nie eine Silbe verlauten
lassen, obwohl ich mit der Zeit merkte, dass sie doch Unter-
schiede zwischen mir und ihren eigenen Kindern machte.
Im Gegenteil ich war ihr immer dankbar, dass ich nicht
wieder in ein Heim musste. In dieser schweren Zeit hätte
sie mich ja nicht aufnehmen brauchen.

Es war Oktober und eines Tages lief ich wieder nach
Picher. Auf der langen, geraden Strecke bis zum Über-
gang der Straße nach Picher, die sich einen Kilometer
hinzog, sah ich schon von weitem einen Mann, der voll
bepackt war. Als er näher kam, merkte ich, dass es ein
Heimkehrer war. Ganz oben auf dem Gepäck, das er
trug, hing ein kleines Schaukelpferd. Ich sah dem Mann
ins Gesicht und ich erkannte ihn. Es war der Mann von
Tante Liesel. »Guten Tag, Onkel Erwin«, sagte ich. Er
guckte mich ganz eigenartig an und schüttelte den Kopf.
»Was machst du hier«? fragte er. Als ich ihm erklärte,
dass ich jetzt bei seiner Familie wohne, guckte er mich
fassungslos an. Dabei beschlich mich ein unheimliches
Gefühl, ob er wohl mich genau so wenig mochte wie der
Pflegevater?

Der Onkel übergab mir etliches Gepäck und ich lief wieder mit zurück nach Neu-Wickershagen. Ich merkte, dass er sichtlich erleichtert war und nicht mehr so viel tragen musste. Die Tante war erstaunt, als ich wieder zurückkam. Hocherfreut sagte ich ihr, dass ich jemanden mitgebracht habe. Tante runzelte ihre Stirn und dann fiel sie aus allen Wolken, als sie plötzlich die Stimme ihres Mannes hörte, denn seine Kinder hatten ihn schon entdeckt. Die Wiedersehensfreude war natürlich groß.

Onkel Erwin kam aus englischer Gefangenschaft und konnte viele gute Sachen mitbringen. Die ganze Familie herzte und küsste sich, die Umarmung wollte gar kein Ende nehmen. Ich stand daneben wie ein verlorenes Schaf und merkte mit Bitterkeit, dass ich nicht dazu gehörte. Ich sagte Bescheid, dass ich doch noch mal zum Hamstern gehe, aber es hörte kaum jemand hin. Ich beeilte mich, dass ich weg kam, denn ich konnte die Tränen nicht mehr zurück halten und außerdem war es schon spät.

Aber ich wusste ja, bei welchen Bauern ich vorsprechen durfte, die mir stets etwas gaben und wenn ich gar etwas zum Tausch mitgebracht hatte, bekam ich auch mehr Esswaren. Nur die Zeit zu meiner Bauernfamilie, sie hießen übrigens »Richter«, zu gehen, hatte ich nicht, denn es wurde ja schon früher dunkel. So nahm ich mir vor, das nächste Mal unbedingt dorthin zu gehen. Als ich dann wieder nach Hause kam, war die Freude über meine gehamsterten Sachen sehr gering.

In dieser Nacht konnte ich fast nicht schlafen. Rudolf zog mir immer wieder die Zudecke weg und außerdem quälten mich traurige Gedanken. Am nächsten Tag gingen wir gleich nach der Schule zum Kartoffeln stoppeln. Ich fand zwar viel Kartoffeln, aber konnte nicht mit den anderen mithalten. Ich hatte an der rechten Ferse einen offenen Riss, und ich musste höllisch aufpassen, dass kein Schmutz in die Wunde kam. Mit den Holzpantinen ließ es sich auf dem unebenen Feld nicht gut laufen. Die Wunde hatte ich schon sehr lange, schon beim letzten Ährenlesen stachen die Stoppeln immer wieder in die Wunde. Das war sehr schmerzhaft. Von den Leuten, deren Kind ich ausfuhr, bekam ich etwas Salbe, aber es half nicht viel, da wir ja alle ohne Strümpfe liefen.

Tante Liesel sah aber, dass ich mich abmühte und da ich meinen Eimer trotzdem voll kriegte, sagte sie nichts. Onkel Erwin ruhte sich erst einmal aus, dann wollte er sich eine Arbeit suchen. Und da er nichts zu tun hatte, fing es genau so an, wie bei meinem Pflegevater. Er nörgelte an seinen eigenen Kindern herum, aber am meisten an mir. Nichts machte ich richtig! Die Tante sagte nichts dazu, denn sie hatte mit ihrer Hausarbeit genug zu tun. Sie war sehr fleißig! Sie wurde jetzt auch oft zu den Bauern gebeten, um mitzuhelfen.

Ehe sie ging, hatte sie eine große Schüssel Quark zurechtgemacht, den sollten wir zum Mittagessen mit Kartoffeln essen. Zufällig ging ich in die Stube und sah, dass Onkel Erwin sich über die Schüssel hermachte. Ich sah ihn nur mit großen Augen an, denn Tante hatte gesagt: »Dass mir da ja keiner dran geht.« Da bekam ich auch schon einen Faustschlag auf ein Auge. Als Tante Liesel nach Hause kam und mit Entsetzen mein blaues Auge sah, behauptete der

Onkel, dass ich frech gewesen sei. Ich war mir aber keiner Schuld bewusst. Ich musste schwindeln und sagen, dass ich gestürzt bin. Eine Frau wollte die Polizei einschalten, ich aber bat sie, es nicht zu tun, sonst müsste ich wieder in ein Heim.

Tante Liesel hob hinter dem Haus, in dem wir wohnten, eine kleine Grube aus, um Kartoffeln einzumieten. Aber sie wurden unsachgemäß behandelt und fragen wollte die Tante auch nicht. Als es kalt wurde sammelten wir noch einmal viele Tannenzapfen und Gestrüpp, denn das Holz und die Kohlen, was wir zugeteilt bekamen, reichten bei weitem nicht. Auch als es bereits schneite, blieb uns der Weg zum Konfirmandenunterricht nicht erspart. Aber dieses Mal ging ich wieder zu Familie Richter. Sie freuten sich über meinen Besuch, sahen mein gelbgrünes Auge, guckten sich gegenseitig an, sagten aber kein Wort dazu.

In der Schule bereiteten wir uns auf die Weihnachtsfeier vor. Sie sollte in einer großen Gastwirtschaft stattfinden. Unser Neulehrer Herr Otto hatte immer großartige Gedanken. Dieses Mal sollten die Bauern auch von Picher und Kummer eingeladen werden. Herr Otto stellte ein Programm zusammen. Weihnachtslieder, Gedichte, Akrobatik und ein Märchen sollten aufgeführt werden. Ich musste ein langes Gedicht lernen, aber das fiel mir nicht schwer. Ingeborg sang im Chor mit, sonst bekam sie nichts zum Lernen. Sie hatte auch keine Lust dazu.

Ich lernte, während ich das Kind von Familie Eichler ausfuhr. Tante Liesel schimpfte das erste Mal mit mir, dass ich nicht so viel zum Lernen annehmen sollte, denn wir wollten Weihnachtssterne basteln. Als sie aber hörte, dass ich das Gedicht schon aufsagen konnte, war sie perplex und guckte mich nur groß an. Ingeborg hatte dafür mehr Geschick beim Basteln. Die Sterne waren nicht nur für unseren Weihnachtsbaum bestimmt, sondern die Tante wollte sie verkaufen und für mich zum Hamstern mitgeben. Als Herr Otto hörte, dass ich immer noch zum Hamstern nach Picher ging, bat er mich seine vorbereiteten Einladungen zum Weihnachtsfest mit abzugeben oder in den Briefkasten zu stecken.

Als Tante davon hörte, musste ich Jürgen mitnehmen, ich hätte es zwar auch allein geschafft, aber zu widersprechen wagte ich nicht. Jürgen maulte den ganzen Weg nach Picher herum. Da er auch mit im Chor sang und er den Text noch nicht vollständig konnte, lernte ich mit ihm unterwegs den Text. Da wurde er friedlicher, es machte ihm sogar Spaß.

Als wir die Chaussee überquerten, hörten wir eine Stimme im Chausseegraben. Es klang, als ob ein Baby weint. Als wir in den Graben guckten, sahen wir ein kleines Schaf, es konnte nicht aufstehen. Ich übergab Jürgen meine Taschen und schleppte das Schäfchen bis zu Familie Richter, dass war das erste Gehöft am Dorfeingang. Sie staunten über meine Last und wussten auch gleich, wem es gehört und zwar dem Mann, der mich an den Haaren gezogen hatte. Ich wollte da auf keinen Fall hingehen, zumal er vorher behauptet hatte, dass die Zigeuner sein Schaf geklaut hätten.
Familie Richter versprach uns, das gefundene Schaf abzugeben. Dann gingen wir auf unsere Tour und zum Schluss

sollten wir noch einmal reinkommen. Ich hatte 120 gebastelte Weihnachtssterne zum Tausch gegen Lebensmittel mit, die ich reißend loswurde, und unsere Taschen wurden auch immer voller. Irgendwie hatten die Leute in der Vorweihnachtszeit ein offenes Herz für Arme. Die meisten Bauern wollten es gar nicht glauben, dass wir die Sterne allein gebastelt hatten. Bei einem Bauern hatten wir nur noch drei Stück und er wollte unbedingt noch mehr. Ich sagte zu ihm: »Wenn Tante noch mehr Papierstreifen bekommt, machen wir gern noch welche und in einer Woche kommen wir wieder.«

Zu Familie Richter gingen wir zuletzt. Sie hatte für uns ein paar Esswaren zusammengestellt und außerdem bekam jeder noch eine Hand voll Weihnachtsgebäck. Ich übergab ihr die letzte Einladung zur Weihnachtsfeier, aber ob sie kommen konnten, war noch ungewiss. Ihr Pferd war krank, es hatte Koliken, das tat mir sehr leid und ich ging hin, um es zu streicheln. Es war ganz nass auf dem Rücken und lag im Stall. Es kannte meine Stimme und drehte den Kopf zu mir herum. Es war traurig, dass ich ihm nicht helfen konnte.

Gerade als wir gehen wollten, kam Herr Richter und teilte uns mit, dass er das verlorene Schaf abgeliefert hatte und dass der Besitzer ganz ungläubig geguckt hätte, als er erfuhr, wer es gefunden hatte und dass wir das Tier von der Chaussee bis Picher getragen hätten, das waren immerhin fast drei Kilometer. Herr Richter brachte auch gleich den Tierarzt mit. Auf dem Heimweg hatten wir ganz schön zu schleppen und ich war froh, dass Jürgen dabei war. Das sagte ich ihm auch und er freute sich darüber.

Als wir zu Hause waren, konnte er fast den ganzen Text der geforderten Lieder. Tante Liesel freute sich über alles, über die Esswaren und über unsere Idee, unterwegs zu lernen. Jürgen wollte das nächste Mal unbedingt wieder mitgehen, aber Onkel Erwin verbot es ihm. Er sollte sich nicht wieder so abschleppen. Zu mir sagte er nichts. Ich ging ja auch gern allein.

Es war sowieso das letzte Mal vor dem Fest, aber ich hatte versprochen, noch Weihnachtssterne zu bringen und ich wurde reichlich belohnt. Bei Familie Richter kehrte ich auch noch ein. Dem Pferd ging es zum Glück besser und so waren die Aussichten, dass Familie Richter zur Weihnachtsfeier kommen konnte, auch gestiegen. Es war schon ganz schön kalt geworden und ich fror erbärmlich an meinen Händen. Auch das Schuhwerk war kältedurchlässig, so kam ich durchgefroren zu Hause wieder an.

Onkel Erwin stürzte sich gleich auf das Mitgebrachte, aber dass mir hundselend kalt war, das sah er nicht, auch nicht, dass ich ganz blaue Hände vom tragen und von der Kälte hatte. Ich weinte und ging ins Schlafzimmer, damit es niemand merken sollte.

Die weihnachtliche Veranstaltung rückte immer näher. In dem Märchen »Hänsel und Gretel« sollte ich die Jungenrolle übernehmen. Ich freute mich darauf. Überhaupt liebte ich Märchen über alles und ganz besonders das, was wir aufführen wollten. Viele Kinder, darunter Jürgen und Ingeborg, waren Kulisse, denn sie standen hinter gezeichneten Bäumen, die den Wald darstellen sollten. Gretel spielte ein Mädchen aus der sechsten Klasse. Wir brauchten nur dreimal das ganze Märchen üben. Herr Otto war zufrieden und meinte, dass wir den Text auch schon gut konnten.

Ich übte mein Gedicht noch einmal. Als wir die Weihnachtslieder im Chor probten, konnten einige Kinder den Text noch nicht vollständig. Jürgen wurde vom Lehrer gelobt, da er merkte, dass Jürgen einwandfrei mitsang. Er wurde puderrot und warf mir einen strahlenden Blick zu.

Am vierten Advent war es dann soweit. Tante Liesel gab mir ganz abgetragene Sachen von Jürgen und Onkel Erwin für meine Rolle als Hänsel mit. Alle machten sich auf den Weg und ich hoffte im Stillen, dass auch einige Bauern aus Picher kämen, vor allen Dingen die Familie Richter. Unterwegs trafen wir die Familie Eichler, wir überholten sie und sie wünschten uns viel Erfolg für unsere Aufführungen. Den ersten, den wir im »Krug« (so hieß die Gastwirtschaft) antrafen, das war natürlich der Herr Pfarrer. Er begrüßte uns alle freudig. Als wir uns alle zum Singen aufstellten, guckte ich vorsichtig durch den Schlitz des Vorhanges.

Der Saal war schon sehr voll und von draußen wollten immer noch Zuschauer rein. Tante Liesel und Onkel Erwin saßen ganz vorn in der ersten Reihe, daneben Rudolf. Wir waren alle sehr aufgeregt und Herr Otto musste uns beruhigen. Im Saal schwirrten die Stimmen alle durcheinander. Endlich wurde der Vorhang aufgezogen. Um Ruhe in den Saal zu bekommen sang der Chor das erste Weihnachtslied. Es wurde merklich still. Herr Otto hielt eine Ansprache in form eines Gedichtes, er hob vor allen Dingen den Fleiß der Kinder, auch der Flüchtlingskinder hervor. Besonders sprach er über ein Mädchen, das aus einer Zirkusfamilie stammte, und erstaunliche akrobatische Fähigkeiten hatte.

Während Herr Otto seine Verse vorlas, stellte sich Ida, so hieß das Mädchen, vorn auf die Bühne, sie stand kerzengerade, dann beugte sie sich nach hinten, bis der Kopf den Boden berührte. Nun lief sie um ihre eigene Achse und ließ den Kopf immer noch auf dem Boden. Die Zuschauer, die weiter hinten saßen, standen alle von ihren Plätzen auf, sie wollten diese Vorführung genau sehen, denn so etwas hatten sie noch nicht erlebt. Mit ein paar Flick-Flaks wirbelte das »Gummimädchen« über die Bühne und beendete ihre kleine Vorführung. Sie bekam langen Applaus. Sie war auch ein Flüchtling.

Mit mehreren Liedern sangen wir weihnachtliche Stimmung in den Saal. Zwischendurch sagten einige kleine Kinder aus der ersten und zweiten Klasse kurze Gedichte auf. Als Herr Otto mich auf einen Hocker hob, sah ich, dass Tante Liesel ihre Lippen zusammen kniff. Das war immer ein deutliches Zeichen bei ihr, dass ihr etwas nicht gefiel. Ich konzentrierte mich auf mein langes Gedicht und bekam auch langen Beifall dafür.

Nun aber kam die Hauptattraktion des Abends. Nach einer kurzen Pause standen alle Statisten auf den Plätzen und alle, die eine Rolle hatten, mussten sich dem entsprechend umziehen. Als der Vorhang aufgezogen wurde, war es plötzlich mäuschenstill. Das Märchen begann. Während wir mit dem Vater in den Wald gingen, guckte ich noch einmal in den Zuschauerraum. Jedes Kind hatte Angehörige dabei, nur meine Geschwister waren nicht dabei. Auch Familie Richter entdeckte ich nicht. Mir war unheimlich traurig zumute, aber dadurch konnte ich den Hänsel so echt spielen, dass mir und auch manchen Zuschauern die Tränen kamen.

Aber die Tante kniff ihre Lippen wieder zusammen, als ich zwischendurch Beifall bekam, auch alle anderen Rollen wurden ohne Steckenzubleiben gespielt. Zum Schluss bekamen wir großen Beifall! Sogar Herr Otto und der Herr Pfarrer klatschten mit. Herr Otto wollte nun den Vorhang schließen, da rief der Pfarrer: »Moment noch, ich habe noch etwas Wichtiges zu sagen. Heute freue ich mich besonders, dass zwei Kinder aus Neu-Wickershagen es fertig gebracht haben, aus einem alten griesgrämigen Mann aus Picher einem zur Reue bereiten Sünder das Herz zu erweichen. Sie hatten sein vermisstes Schaf drei Kilometer auf dem Rücken getragen und abgegeben. Herr Kahle bedankt sich vielmals, er würde uns nie wieder als Zigeuner beschimpfen und den Hund würde er auch nicht mehr auf Fremde hetzen.«

Alle horchten auf die Worte des Pfarrers. Plötzlich rief er meinen Namen auf und ich musste zu ihm kommen, zugleich kam Herr Kahle nach vorn und übergab mir ein kleines Paket. Jetzt sah ich auch Frau Richter ganz hinten sitzen. Die Leute klatschten alle, so, als hätte ich wunder was vollbracht. Tante Liesel saß mit verkniffenen Lippen da, als aber der Name von Jürgen aufgerufen wurde, da strahlte sie und klatschte auch mit. Sie lächelte sogar, denn Jürgen wurde puderrot und stolperte auf die Bühne. Onkel Erwin saß teilnahmslos daneben. Jürgen erhielt auch ein

Geschenk. Keiner von uns Kindern wusste, dass noch eine Überraschung auf uns wartete.

Plötzlich wurde die zweite Zwischentür des Saales aufgeschoben und für alle Kinder, auch die kleineren, war eine Kaffeetafel gedeckt. Es gab Kakao und Weihnachtsgebäck. Der Weihnachtsbaum erstrahlte und viele unserer gebastelten Sterne hingen daran. Als dann auch noch der Weihnachtsmann kam und jedem Kind ein Geschenk überreichte, war die Freude groß. Rudolf, mein kleiner Cousin verkroch sich unter den Tisch, als der Weihnachtsmann in unsere Nähe kam. Ingeborg nahm aber das Geschenk für ihn mit. Es war für die Kinder und auch für viele Erwachsene eine gelungene Überraschung. Das alles hatte der Herr Pfarrer mit der Familie Richter organisiert. Herr Richter spielte den Weihnachtsmann und Frau Richter half den Tisch zu decken. Deswegen hatte ich sie nicht gleich bei den Zuschauern entdecken können.

Auch Tante Liesel schien es nun doch gefallen zu haben, denn auf dem nach Hause Weg unterhielt sie sich mit anderen Müttern und sie lächelte dabei. Übrigens, Herr Kahle hat uns sehr gut beschenkt. Ich hatte im Päckchen ein Paar Handschuhe aus Lammfell und selbst gebackene Weihnachtsplätzchen drin. Jürgen bekam ein Paar feste Schnürschuhe für den Winter und auch Gebäck. Wir freuten uns sehr darüber, nur Onkel Erwin knurrte rum: »Hättet ihr man lieber das Schaf nach Hause gebracht, da hätten wir mal etwas ordentliches zu essen gehabt, denn die Bauern haben genug Schafe. Na, wenn wir wieder in Breslau sind, da gibt es wieder genug zu essen.« Und zu mir sagte er: »Du kommst aber nicht mit, für dich ist kein Platz in unserer Wohnung.«

Das ging mir doch ganz schön an die Nieren. Mit Mühe und Not musste ich mir die Tränen zurück halten, der Tag war heute so schön und ereignisreich, und jetzt dieser Abschluss.

Zum Fest gab es für jeden einen Teller voll Kekse und Äpfel. Tante Liesel machte da keinen Unterschied. Ingeborg und ich, wir bekamen Wolle, die sehr kratzte, geschenkt und wir sollten uns davon einen Schal stricken. Da ich den Faden viel zu fest anzog, wurde aus dem gestrickten Schal ein Jammerlappen, hingegen Ingeborg ihre Strickerei sah gut aus. Ich nehme auch an, dass die Tante einige Reihen gestrickt hatte. Das hätte mich auch nicht so geärgert, viel schlimmer war, dass die Tante jedem, der zu uns kam, unsere Produkte zeigte.

Die letzten paar Monate nach den Weihnachtsferien bis zur Konfirmation wollten gar nicht vergehen. Es war ein harter Winter mit viel Schnee und Schneestürmen, sodass ich nicht nach Picher gehen konnte, sogar der Konfirmandenunterricht fiel aus. Unsere Vorräte gingen zu Ende, da musste der Onkel die Kartoffelmiete öffnen, das war gar nicht so einfach. Zu unserem Schrecken waren die Kartoffeln auch noch angefroren. Tante Liesel wusste sich nicht anders zu helfen, sie wusch die Kartoffeln gründlich ab, rieb sie auf einer Kartoffelreibe und das Geriebene kam in heißes Wasser. Mit etwas Zucker darauf wurde es unsere »Reibselsuppe«.

Herr Otto, unser Lehrer war in den Winterferien nicht untätig gewesen. Er liebte das Theaterspiel und so schrieb er selbst ein Stück und gab es mir zu lesen. Es handelte von Mädchen, die die Schule beendeten und ihre Berufswünsche, dabei wurden bei jedem Beruf die Vor- und Nachteile erwähnt. Ich fand das Stück gut und sollte zum Abschluss der achten Klasse eine Rolle spielen. Ich hatte das Geschriebene immer in meinem Schulranzen aufbewahrt, aber eines Tages war das Manuskript verschwunden. Herr Otto war natürlich darüber verärgert, schrieb alles noch einmal, gab mir aber keine Rolle mehr.

Und die Tante war wütend, ich suchte und suchte, aber vergeblich. Ich bekam von Onkel Erwin soviel Dresche deswegen, bis ich zugab, dass ich das Stück zerrissen und in die Toilette geworfen hätte, ich schwindelte, damit ich keine Schläge mehr bekam. Ich nehme an, dass einer von der Familie mir dieses Exemplar entwendet hat und es hat verschwinden lassen. Derjenige wollte nicht, dass ich wieder Theater spiele und vielleicht wieder guten Erfolg hatte.

Obwohl der Winter ziemlich ausdauernd und kalt war, wurden wir zum Glück nicht krank, wir waren abgehärtet. Als der Schnee anfing zu tauen, bekam ich von Mutti aus Görlitz ein Paket mit zwei hübschen, selbst genähten Kleidern. Eins war für die Prüfung und eins für die Konfirmation. Ingeborg passte keines der Kleider, da sie etwas größer als ich war. Neue Schuhe konnte mir Tante Liesel keine kaufen und so musste ich ihre, die mir etwas zu groß waren, anziehen. Ingeborg, die mit mir konfirmiert wurde, hatte ein Paar neue Schuhe bekommen, obwohl ich immer noch das Geld als Babysitter abgab.

Ich gab mich mit Tante Liesels Schuhen zufrieden, aber hatte immer noch keine Strümpfe. Ingeborg hatte zwei Paar, gab mir aber keine ab. Sonst war sie nicht so, doch ich denke, dass hinter dem allen Onkel Erwin steckte. Ein Paar Strümpfe bekam ich aber trotzdem von Familie Eichler, sie sprachen mich auf die Konfirmation an und da gaben sie mir als Geschenk die Strümpfe im Voraus. Ich war sehr froh darüber, denn ohne Strümpfe hätten meine Kleider nicht so gut ausgesehen.

Bei solchen Feierlichkeiten waren ganze Völkerschaften unterwegs. In Picher wurden die Kinder von vier Gemeinden betreut und da es damals noch kein Fernsehen gab, war so eine Feierlichkeit eine willkommene Abwechslung. Bei den Feierlichkeiten musste ich mich sehr zusammen reißen, um nicht zu weinen, ich kam mir in der Kirche so klein vor. Viel habe ich von der Predigt des Herrn Pfarrers nicht mitbekommen. Schade, dass Mutti nicht hier sein konnte. Die wenigen Briefe, die sie schrieb, waren nur von Sorge geprägt, dass es mir gut gehe. Vom Pflegevater schrieb sie nie ein Wort. Alles das machte mich sehr traurig.

Ich war so in Gedanken vertieft, dass mein Name zweimal aufgerufen werden musste, um nach vorn zu gehen um den kirchlichen Segen zu empfangen. Von Familie Richter und von Herrn Kahle bekam ich zum krönenden Abschluss Geschenke. Ich weiß noch, dass ich mich über einen schönen Rock von Familie Kahle und über schöne Strickjacke von Familie Richter sehr gefreut habe. Ingeborg bekam von ihren Eltern Handtücher geschenkt. Ich musste froh sein, dass ich ein Stück Kuchen abbekam, denn die Jungen und auch Onkel Erwin verschlangen ein Stück nach dem anderen. Das war am 15. April.

Abends sagte mir Tante Liesel, dass ich meine Sachen zusammen packen sollte, denn ab 16. April sollte ich bei einem Bauern als Magd in Kummer arbeiten. Ich konnte gerade noch bei meiner Babysitterfamilie Bescheid sagen, dass ich nicht mehr kommen kann. Sie gaben mir noch fünf Mark extra, die ich aber behalten sollte. Ingeborg wollten sie nicht als meine Nachfolgerin, denn sie erzählte ihnen zuviel.

Von Familie Richter konnte ich mich leider nicht mehr verabschieden. Aber ich nahm mir vor, an einem freien Sonntag, den ich hoffentlich bekommen würde, zu ihnen zu laufen und die Situation zu erklären. Eine Strecke von Kummer nach Picher zog sich zwar acht Kilometer hin, aber laufen war ich ja gewöhnt. Und mein Fuß war auch wieder geheilt, sonst hätte ich mir so etwas nicht vornehmen können.

Am nächsten Morgen, also am 16. April, weckte mich die Tante sehr zeitig und dann zog ich mit meinem Gepäck nach Kummer. Es war noch halb dunkel und ziemlich frisch an diesem Morgen, aber ich lief trotzdem tapfer weiter, nur das Gefühl des Alleinsein überkam mich wieder, ich guckte zum Himmel, da zogen wieder viele Wolken vorüber und wieder war es mir, aber nur eine kurze Zeitspanne, als ob ich die Umrisse von Mamas Gesicht gesehen hätte. Ich setzte mich an den Straßengraben und konnte meinen Tränen ihren Lauf lassen. Jetzt sah es ja niemand, vor allen Dingen nicht die Tante, die gleich immer annahm, dass ich jemanden anklagen wollte.

Als ich im Dorf Kummer ankam, fragte ich eine Frau nach dem Bauernhof Jäcke. Da wollte die Befragte gleich wissen, ob ich die Neue wäre? Fünf Mägde wären in diesem Jahr schon weggelaufen. Ich bekam einen großen Schrecken. Aber als ich ankam, gefiel mir das Anwesen auf den ersten Blick. Es war nicht sehr groß, alles in sehr ordentlichem Zustand. Ich stand vor der Wohnungstür, als ein sehr kleiner Mann herauskam, mir die Hand gab und sagte: »Gehe nur rein zu min Fru, sie wird dich gleich anstellen.«

Auf einmal kreischte eine Stimme von drinnen: »Mit wem unterhältst du dich schon wieder?« und die Tür wurde aufgerissen. Heraus kam eine große stattliche Frau mit umgebundener Schürze, sie sah mich und wies mit ihrer Hand nach dem Gartentor, und schrie: Für Bettelpack haben wir nichts übrig!« Da wagte ich zu sagen: »aber ich sollte doch heute bei ihnen den Dienst beginnen«. Sie schaute mich ungläubig an und meinte, dass sie kein Kind für die Arbeit wollte, sondern eine, die schon konfirmiert sei. Als ich ihr sagte, dass ich gestern meine Konfirmation hatte, wollte sie es mir erst nicht glauben, sie fragte mich einige Dinge und da merkte sie, dass ich sie nicht anlüge.

Sie führte mich auf mein kleines Zimmer, darin standen ein Bett, ein Spind und ein Stuhl, darauf eine Waschschüssel. Ich wollte meine Sachen auspacken, aber sie befahl mir gleich mitzukommen. Sie gab mir eine Schürze, die mir viel zu groß war und ich musste gleich abwaschen. Frau Jäcke stellte sich daneben und ließ keinen Blick von meinen Fingern. Da ich bei Tante Liesel sehr oft abgewaschen hatte, fiel mir diese Arbeit nicht schwer, im Gegenteil, ich war mehr Abwasch gewöhnt. Schließlich waren wir in Neu-Wickershagen sechs Personen und hier nur zwei. Als ich dann zum Schluss die Schüssel ordentlich abwischte, sagte

Frau Jäcke: »Na, du scheinst ja doch zu etwas zu gebrauchen zu sein, wollen wir es mit dir versuchen. Aber ich gebe dir nicht mehr als zehn Mark im Monat, schließlich bekommst du noch Kost und Unterkunft. Wie heißt du eigentlich?« fragte sie. Schüchtern antwortete ich mit meinem Namen. Da sagte Frau Jäcke: »Was, wie? Der Name ist viel zu schön für Dich, wir nennen dich Trude.«

Am liebsten hätte ich alles fallen lassen und wäre davon gerannt! Aber wo sollte ich hin? Jetzt war mir klar, dass meine Kindheit vorbei war. Eine Kindheit voller Traurigkeit, die sich tief in mein Herz gelegt hat. Es gab auch lichte Momente, aber leider nur kurze. Warum musste Mama so früh sterben? Warum konnte ich bei keinen Pflegeeltern bleiben? Warum gab es so wenige Personen in den Kinderheimen, die den Kindern eine mütterliche Zuwendung schenkten? Warum waren andere Aufsichtspersonen so herzlos und gemein? Warum mussten Kinder im Krieg so viel leiden, Warum mussten wir so viel hungern?

Meine Kindheit war trostlos mit vielen Wermutstropfen und wenigem Sonnenschein. Das Gefühl des Allenseins war sehr schlimm. Eine Mutter kann keiner ersetzen. Mutterliebe ist einzigartig und einmalig. Mit diesen Gedanken habe ich mich immer gequält. Die Wolken am Himmel spendeten mir ein wenig Trost, aber leider viel zu selten. Was nicht aufhört weh zu tun, das kann man nicht vergessen!

Wenn du noch eine Mutter hast,
So danke Gott und sei zufrieden.
Nicht jedem auf dieser Welt
Ist dieses hohe Glück beschieden.